また殺されてしまったのですね、探偵様
Killed again, Mr. Detective.

「最初の七人の一人が直接朔也様に接触を図ってきた。
そこには何か意味と意図があるはずです。
あるいは断也様から受け継がれた
因縁のようなものが」
事件一 人食い観覧車の園

アクアリオ島。海難事故が多く、
船乗りも近づかないその島には
一つの館が建っていた。

事件二　画廊島の殺人　―前篇―

CHARACTER

また殺されて
しまったのですね、探偵様

フィド&ベルカ

イギリス最高の探偵と、その助手。かつて断也と共にシャルディナを追っていた、古い知り合い。

ルシオッラ・デ・シーカ
佇む者達の館の所有者で、天才画家、エリゼオ・デ・シーカの孫娘。通称ルゥ。
ウルスナ
ルシオッラの給仕、家庭教師。前任から引き継いであまり日は経っていないが、ルゥと良好な関係を築いている。
ハービー
朔也達より前にアクアリオ島を訪れていた写真家。島のあちこちを撮ってまわっている。

KILLED AGAIN, MR. DETECTIVE.

CONTENTS

また殺されて
しまったのですね、探偵様

また殺されてしまったのですね、探偵様2

てにをは

MF文庫J

口絵・本文イラスト●りいちゅ

ユリュー・デリンジャーの挨拶

ユリュー・デリンジャーの挨拶・1

私は世界中に病を振《ふ》り撒《ま》く。

特効薬のない病を。

「初めましてお嬢さん《シニョリーナ》。約束の時間ぴったりだ」

目の前の席に座る鷲鼻《わしばな》の男が口を開く。

ブロンドの癖っ毛をオールバックに寝かしつけ、上等なスーツを着込んでいる。男、ルチアノ・ベネッティはもったいぶった表情で私を見ている。

「ご両親の躾《しつけ》がいいのかな。近頃は男を待たせて気を引く女が多いってのに」

「まさか、ルチアノさん。こんなにたくさんの男性を待たせるなんてこと、とても」

私とルチアノは丸テーブルに向かい合うように座っている。その周りを取り囲んでいるのはやたらめったらに柄の悪い男達《たち》だ。

「あはは。これはちょっと緊張しちゃいますねえ」

戯《おど》けた笑顔でご機嫌を伺ってみる。

男達は誰も彼もがいきりたって凄《すご》みを利かせたつもりでいる。学芸会の舞台袖で緊張しながら出番を窺《うかが》う子供みたいだ。

「こいつらのことは気にしなさんな。みんな今パントマイムの練習中なんだ。合図があるまでピクリとも動きゃしない。どんなに腹にすえかねることがあってもな」

「ボスのあなたがベルを鳴らすまでは？」

「そういうことだ」と言ってルチアノはコーヒーカップを傾ける。

そういうこと、というのなら実際そうなのだろう。なんせルチアノは正真正銘本物マフィアで、ベルを鳴らせば政府要人も動かせる立場にあるのだから。

カウンターでは青ざめた顔のマスターが無心でカップを磨いている。

ブラインドの下された店内は薄暗い。店の奥に位置するこの部屋に裏口らしきものは見当たらない。

「シェリー・ラム、フリーの新聞記者……か」

ルチアノがテーブルに置かれた名刺に目を落とし、私の名前を口にする。

「わざわざ代理人まで立てて俺を引っ張り出してくれた、その心ってやつを聞こうか」

「教えて欲しいんです。近頃スイスの口座を介してあなたが動かしている数千万ユーロの出どころと行き先を」

「なんのことだか分からんね」

「昨今、まるで人目を避けるみたいにして大量の資金が世界中で不自然に流れています。ご存知《ぞんじ》ありませんか？」

「今、俺は知らんと言ったんだがな」

ルチアノの声が一段低くなり、周囲の男達《たち》の殺気が膨れ上がった。

「その資金は複数のダミー会社を経由した後、最終的にとある組織に流れ着いているという噂《うわさ》も聞きました」

「どんな組織かな？」

「さあ。それを知りたくて。どこかの自然保護団体とかブルックリンあたりの孤児院とかならいいんですけど」

笑顔を崩さずそう言うとルチアノは体をのけぞらせて笑った。そのまま椅子ごと後ろに倒れてしまいそうなほどに。

「何がそんなにおかしいんでしょうか？」

「いや、話に聞いていた通りのイイ女だと思ったもんでな。いいよ」

「何の話です？」

「やっぱりお前は想像通り、いやそれ以上の女だよ。ユリユー・・・・・・デリンジャー・・・」

こちらの名前を呼ぶや否や、彼は手元のカップと床へ放り投げた。陶器の割れる音が貸し切りのカフェに響く。

男達が一斉に私に銃口を向けてくる。

「もう、動かない方がいい。そのバックの中の催涙ガスもスタンガンも役に立ちゃしないよ」

「……最初からバレてたってわけね」

「記者風情に俺が謁見を許してやると思ったか？　ユリュー、お前はもう帰れねーよ。もししてたなら、男とのデートの約束もキャンセルだ」

「あーあ、それならもう少しまともなお洋服着てくればよかった」

私は唇を尖《とが》らせ、素直に両手を上げる。

「お前が一体どの筋から金に関する情報を得たのか、後でゆっくり吐いてもらう」

「どの筋？　それ、一つに絞れると思う？　笑わせるなよ。私はユリュー・デリンジャーだぞ？」

これが映画の撮影だったらよかったんだけど、残念ながらいつまで経《た》っても監督からの「カット」の声は響かない。

ピンチピンチ。

あーん師匠。助けてぇ。

なんてな。

あひゃひゃ。

事件一　人食い観覧車の園

KILLED AGAIN, MR. DETECTIVE.

一章　イギリス最高の探偵が

「もしもし。ゆりうちゃん？」

『もしもーし！　師匠！』

「今、大丈夫だった？」

『はい。今ですか？　大丈夫ですよー』

「なんだかそっちは騒がしいみたいだけど」

『実はロケの合間で、この後アクションシーンの撮影なんです。師匠、改まってお電話なんてどうしたんですか？　はっ！　まさかまた何か事件ですか？　それで弟子であるあたしに召集を!?』

「いや、そうじゃないよ。うん、ちょっと海のことで。ほら、こないだ事務所に遊びにきたときにリリテアと盛り上がってただろ？　月末のお休みにみんなで海に遊びに行こうって」

『言いました！　透き通る海！　綺麗《きれい》な南の島にでも旅行しようって！』

「それがさ、実はその予定を少しずらしてもらわなきゃならないかもしれなくて」

『えー！　どうしてですかあ？』

「その、大変言いにくいんだけど、実は今月事務所の懐事情がかなり厳しいことが発覚しまして……」

『それって、旅費が足りないってことですか？』

「うん。だから今探偵仕事をこなして資金を貯《た》めようと頑張ってるんだけど、まだ目処《めど》が立ってなくてさ」

『それならあたしが立て替えましょうか？』

「いや、そういうわけにはいかないよ！　俺よりもリリテアが気にするだろうし」

『そっかあ。それもそうですね。くぅぅぅん……残念。でも、事情は分かりました。それじゃせめていい仕事が舞い込んでくるように祈ってますよ！　そうすれば予定通り一緒に海へ行けるんですよね？』

「うん。それはもちろん。ありがとう。ああ、リリテアにも伝えとくよ。それじゃ」

『師匠』

「何？」

『言って』

「な、何を？」

『撮影、頑張れって言って』

「ああ……気が利かない男でごめん。オホン、撮影、頑張れ！」

『任せてください！』

「それじゃまた。……はあ」

通話を切るなりすぐにため息が出た。我ながら非常に情けない報告だった。

追月《おうつき》探偵事務所から探偵が残らず去って以降、事務所の財政は逼迫《ひっぱく》していた。残った探偵が半人前の俺しかいないのだから当然と言えば当然だった。

「それに比べてゆりうちゃんはしっかり女優さんをやってるみたいだな」

女優・灰ヶ峰《はいがみね》ゆりうは今や日々女優としての知名度を上げ、多忙になりつつある。にも拘《かか》わらず彼女はいまだに俺のことを律儀に師匠と呼び、遊びにも誘ってくれる。まさに身に余る光栄というやつだ。

そんな彼女の貴重な休日の楽しみを、お金がないという理由で台無しにしてはあまりに申し訳ない。

一刻も早く旅費を稼がなければ。

「それに……稼がなきゃならない理由、それだけじゃないしな」

これからますます精力的に探偵業務をこなしていかなければならない。依頼があればの話だけれど。

多少うなだれたまま、自宅兼探偵事務所のあるビルに入る。

「ただいま」

ドアを開けた瞬間、事務所の真ん中に花がパッと開いた。

「朔也《さくや》様、朔也様」

いや違う。あれはリリテアだ。帰宅した俺に気づいて振り向いた、我が優秀なる助手。

華麗なターンによってスカートが花みたいに広がったんだ。

「きっぽーです。これからお聞かせしますので喜ぶ準備をしてください」

リリテアは夜明け前の空みたいな群青色の瞳で見上げてくる。

「きっぽー？　ああ、吉報ね」

「先ほどこちらへお二人の仲睦《むつ》まじい老夫婦様がいらっしゃいました。とても礼儀正しく、気品あるご夫妻でした」

「夫婦？」

「はい。久々の依頼です。お仕事ですよ」

「おお！」

まさに今欲していた仕事がすでに舞い込んでいた事実に、思わず歓喜の声を上げてしまった。

「それでそれで？　どんな仕事？」

「朔也様、危険な仕事なのではと危惧していらっしゃいますね？　安心してください。失《う》せ物探しです。水島園《みずしまえん》で失《な》くしてしまった結婚指輪を探して欲しいとのことです」

「それいいね！」

安全そうなところが特にいい。

「報酬も驚きの額です」

「やった！」

「ところで話は変わりますが、朔也《さくや》様」

「うん？」

「もしかして学校のことで何かお悩みですか？」

あれ、なんか流れが変わったぞ。

「え？　なんで？」

唐突な指摘にドキッとする。

もしかして今日、担任から出席日数のことで釘《くぎ》を刺されたことが顔に出ちゃってたかな？

リリテアはツカツカと俺に近寄ってきて俺の肩に手を回してくる。驚異的に整った彼女の顔が間近に迫る。その表情は悲しげだ。

「朔也様……もしやクラスにお友達がいらっしゃらないのでは？」

「え？」

リリテアの手が俺の肩から離れる。

「ついてましたよ」

そう言ってリリテアは指先を俺の目の前に掲げて見せた。彼女は何やら白くて小さな塊を摘《つま》んでいる。

受け取って調べてみて分かった。

それは一塊の米粒だった。それも、長時間空気にさらされてカピカピになったやつ。

「え？　ご飯？　肩についてた？　え？　いつから？」

「きっとお昼のお弁当の時からでしょう。このようなものが肩についていたにも拘《かか》わらず、クラスの誰からも指摘されず、そのまま帰宅するなんてご友人に恵まれていないとしか思えません」

「く……。ふふん、さすがリリテアだ。なかなか冴《さ》えた推理だよ。でも、全部あんたの想像じゃないか！　こじつけだ！　俺にとも、友達がいないなんてそんなことっ！　そんなっ！　そんな……俺って友達いないのかなあ？」

最初こそ事務所のデスクをバンと両手で叩《たた》いて抗議していたけれど、思い当たる節がいくつかあって途中から悲しくなってきた。

「探偵業のために休みがちだからか？　部活に入ってないからか？　教えてくれ！」

あれこれ喚《わめ》く俺の有様を一通り楽しんだ後、リリテアは極上の微笑《ほほえ》みを浮かべてこう言った。

「おバカな人」

まあ、リリテアが楽しそうならそれでいいか。

□

翌日は抜けるような晴天で、少し湿った風が心地よく人々の間をすり抜けていた。

俺とリリテアは失せ物探しの依頼のために午後から水島園《みずしまえん》へ向かった。二人仲良く——仲良くと思っているのは俺だけかもしれない——並んで電車に揺られる。

線路は途中で枝分かれし、その片方の線のどん詰まりに水島園駅がある。名前からも分かる通り、水島園の最寄り駅だ。

平日の半端な時間だからか乗客はまばらだった。ほとんどいないと言ってもいい。別の時間帯ならもう少し違うんだろうか。

隣の車両も同じような状況で、黄色いラインの入った黒いリュックを背負ったパーカー姿の若い男性が扉に寄りかかってうとうとしている。この日和だ、眠くなる気持ちは分かる。

「お天気に恵まれましたね」

リリテアは背筋をピンと伸ばし、お行儀よく腰をかけている。ある種異様な美しさを発揮している彼女が、庶民的な電車にそうして収まっている様子はなんだかミスマッチだった。

「そうだな。水島園か。行くの何年ぶりだろう」

水島園とはここ最近ちょっとした縁がなくもない。主に観覧車と。

「どうせなら仕事じゃなくてプライベートで来たかったところだけど」

「オベントでも作ってくればよかった」

リリテアの独り言が心地よく耳に届く。

電車が減速を始め、アナウンスが水島園駅と告げた。

コンプレッサーの音ともに電車の扉が開くと、そこに寄りかかってうとうとしていた人が支えを失って後ろに倒れそうになっていた。そのままヨロヨロと改札を目指す様子が、なんだか平和でおかしかった。

「それにしても、まさか閉園した水島園がこうも早く復活するとは。新しい出資者が参入したんだっけ。一体どこの道楽資本家の仕業なんだか」

スピード改装の後名前はそのままに新装開店。いくつかのアトラクションは現在もリニューアル中とのことだ。それでも客入りはぼちぼちというところが水島園らしい。

園の悲喜交々《ひきこもごも》に思いを馳《は》せていると、不意に袖を引っ張られた。

「朔也《さくや》様、まずはあちらを探しましょう。あの回るお馬のあたりを重点的に」

リリテアが靴のカカトをカプカプと浮かせながらレンガ道の先を指差す。

「ああ……」

「何を呆《ほう》けているんですか。お仕事ですよお仕事。キビキビ動きましょう。なんとしても旅費を貯《た》めなければ」

旅費。そうだ。リリテアの言う通りだ。

「海。リリテアもやっぱり行きたいよな」

「そうですね。ゆりう様とのお約束は大切です。ですがまずはイギリスへ行くことが先決ですよ。そのための旅費です。まさかお忘れではないですよね？」

「ああ、もちろん」

そうだ。俺達《たち》は早急にイギリスへ向かわなければならない。

ある人物とコンタクトを取るために。


クリムゾン・シアターでの一件から半月余りが経《た》って、俺達は表面上日常を取り戻していた。けれどそれはやっぱり表面上だけのことだ。

後に『クリムゾン・シアター前抗争』と報じられたあの事件では、現場指揮官車を含む合計二十四台の警察車両が徹底的に破壊され、爆発炎上した。

当然、と言ってしまっていいのかどうか、現場では多数の負傷者が出た。それでも死人は出なかった。マスコミは奇跡としか言いようがないと表現していたけれど、あの場に奇跡なんてものはなかったことを俺は知っている。

なにしろ一番近くで見ていたのだから。

死傷者が出なかったのは最初の七人《セブン・オールドメン》の一人、大富豪怪盗《セレブリティ》シャルディナ・インフェリシャスの手心に他ならない。

日本警察もそれは承知しているだろうから、今頃はメンツを潰されたと拳を固くしているだろう。

「最初の七人《セブン・オールドメン》の一人が直接朔也《さくや》様に接触を図ってきた。そこには何か意味と意図があるはずです。あるいは断也《たつや》様から受け継がれた因縁のようなものが」

リリテアはひどくシリアスな顔でそう言った。ただし、メリーゴーラウンドに揺られながら。

メルヘンな音楽の中、ファンシーな馬に横座りしてポールに手を添えている。

俺はその後方の馬車に乗り込んでいた。

別に二人して遊んでいるわけじゃない。傍目《はため》にはそうとしか見えないだろうけど、これでも真面目に結婚指輪を探しているつもりだ。

依頼主の夫婦は指輪を失《な》くした日、園内の乗り物のほとんど全てに乗っていたらしく、したがって全ての乗り物、アトラクションに指輪が落ちている可能性があった。ファンシーなメリーゴーラウンドだって例外じゃない。

他の来園客もいる中、流石《さすが》にメリーゴーラウンドを停止させて探すというわけにもいかないから、実際に自分達で乗り込んで探す他ない——というわけだ。

「大富豪怪盗《セレブリティ》が現れた時、朔也様のおそばを離れていたことが悔やまれます」

「リリテアが責任を感じる必要なんてない」

後方の馬車から助手をフォローする。

「あんな何気ないポップコーン売り場に現れるなんて誰にも予測できないよ。リリテアはいつも俺なんかのそばにいてよくやってくれてる」

「そう……ですね。朔也様のおっしゃる通り、大富豪怪盗《セレブリティ》に限らず、今後他の最初の七人《セブン・オールドメン》がどんな動きを見せるか予測がつきません。周囲にどのような被害が及んでしまうのかも」

「ああ、そうだ」

「だからこそ朔也《さくや》様は協力者を探そうとなされた」

ああ、そうだ。

シャルディナがわざわざ向こうから接触してきたことから考えて、最初の七人と俺の間には単に親父《おやじ》・追月断也《おうつきたつや》の仇《かたき》という以上の因縁がありそうだ。

だけど俺は敵のことを知らなすぎる。だから俺はあの事件の後、シャルディナや他の最初の七人《セブン・オールドメン》のことをよく知る協力者はいないかと、親父の残した事件日誌を漁《あさ》った。

そこで見つけたのが探偵フィドの名前だった。

日誌を見るに、そのフィドという探偵はかつて親父と一緒にシャルディナを追った経験があるらしく、協力を仰ぐにはまさにうってつけの人物だった。

すぐに会いに行こう――と思った。でも少し調べてすぐにそういうわけにもいかないことを悟った。

「まさかフィドがイギリス在住の探偵だとはね」

イギリス最高の探偵――と評されているらしい。ただ、詳しい所在地などそれ以上のことは分からなかった。

「簡単に接触できる相手じゃなさそうだよな」

「それでも相談事が相談事です。なんとか直接コンタクトを取らなければ」

「ところが我が追月探偵事務所にはフィドを訪ねてイギリスまで行くお金も、日本へ招待するお金もない……と」

だから今回の指輪探しの報酬がなんとしても必要なんだ。

依頼主の夫妻はもともと会社経営をしていたが、現在は人に任せて隠居しているという。そんな夫妻が提示してきた報酬額は、思わず二度聞きしてしまうくらいには大きな額だった。

それだけ結婚指輪を大切に思っているということなんだろうけれど、なんとも羽振りのいい話だ。

「この依頼一つで旅費には事足りる。なんとしても指輪を見つけなきゃな」

やがてメリーゴーラウンドが停止した。リリテアが若干名残惜しそうに下馬する。

「ここには見当たらなかったな」

依頼主の夫婦は指輪が傷付くのを心配して奥様はハンドバッグにしまっていたのだそうだが、それが仇《あだ》となった。

夫妻が自分達《たち》なりに必死に探しても、スタッフに探してもらっても見つからなかったというから、当たり前の場所にはないだろうと想定はしていたけれど、これは思ったより骨が折れそうだ。

「次はどこを探そうか」

「そうですね。では、あちらはどうでしょう？」

リリテアが妙にソワソワしながら指さしたのは、離れた場所に堂々たる様子で聳《そび》え立《た》つ観覧車だった。

各ゴンドラは海賊映画に出てくるような宝箱の形をしていて、金ピカに輝いている。その上あちこちにこれでもかと金銀財宝、宝石類のオブジェが取り付けられ、極め付けにゴンドラの底には『GET MONEY!!』という正直すぎる文字がデカデカと刻印されている。

「ああ……あれ、なんて言ったっけ？」

「ハッピー・トレジャーチェスト観覧車。略してトレチェスです」

変な名前だ。何も悩みとかなさそうな。

水島園《みずしまえん》のシンボルといえばかつては日輪《にちりん》観覧車だった。けれど今は一からリニューアルされて完全に別物になっている。

なんでも投資した人物が自らの好みだけで強引にデザインしてしまったのだとか。そうしてできたのがあの、情緒もへったくれもなく救い難《がた》いデザインのニュー観覧車だったというわけだ。

おかげで多くの市民から非難の声も上がったらしいが、時すでに遅し、だ。

「トレチェス……ね。名前もそうだけど、こうしてデザインを見ると、なんて言うかさ、浮いてるよな。周りの全てから」

根本的に発案者と市民との間に感覚《センス》のズレがあるとしか思えない。

「実際大不評で連日ガラガラなんだっけ？」

「そのようです」

　無理もない。あれに乗るなんて、進んで見せ物になるようなものだ。お金を払ってまで乗ろうとするのはあのダサさを承知の上で茶化《ちゃか》そうとする輩《やから》くらいのものだろう。

「そのこともあってかパンフレットによると本日から三日間、料金半額だそうです」

「俺達《たち》の懐には優しいってわけだな。でも観覧車は位置的にここから結構歩くし、近い乗り物から順番に探していこう。奇抜な観覧車は最後のお楽しみに取っておくとしてさ」

「私はそれで構いません」

と、リリテアはそっけない態度で俺の考えに応じた。

「でしたら次はあちらのジェットコースターですね。最高時速115キロは侮れません」

けれど、彼女が早速開いて覗《のぞ》き込《こ》んでいる水島園のパンフレットは早くもボロボロだ。入園してから一体何度開け閉めしたんだろう？

全力で楽しんでいるように見えなくもない。でも、重ねて言うけれど俺達はこれでも仕事中なのだ。

□

　夕暮れ時になっても俺達は指輪を見つけることができないでいた。

探偵というのは常に頭が冴《さ》えていると誤解されがちだけれど、実際はそんなことはない。少なくとも俺はそうだ。

重要なのは面ではなく点。いかに重要な局面で、ピンポイントのひらめきと洞察力を発揮できるかが大切なのだ。

極端な話、一日のうち大事な場面で一分間だけ冴えていれば、残り二十三時間五十九分はボーッとしていても探偵は成り立つ。

でも今日の俺にはその冴えた一分間が一向にやってこなかった。まさに今が大事なポイントだと思うんだけど。

「遊園地だけあって結構照明がついてるけど、これ以上暗くなってくると物を探すのも難しくなるな。それに……ずっと屈《かが》んで物を探し回ってたから腰が……」

「情けないことを仰《おっしゃ》らないでください。もう少し頑張りましょう」

「リリテア、たまには労《ねぎら》っておくれよ」

「ダメ」

スマホに着信があったのはその時だった。

外出中に事務所にかかってきた電話は俺のスマホに転送されるようにしており、その時の着信もまさにそれだった。

知らない番号からだ。

「はいこちら追月《おうつき》探偵事務所」

『タツヤ・オーツキがようやく大人しくなったと聞いたが、本当か？』

電話の向こうから聞こえてきたのは女の声だった。けれどその澄んだ声色に反して口調は荒っぽい。

相手の第一声が親父《おやじ》に関することだったので正直かなり困惑した。

「……どちら様ですか？」

平静を装って尋ねる。最初の七人《セブン・オールドメン》という文字が頭をよぎった。

「追月断也《たつや》……父なら今ちょっと留守にしてますが」

『……あいつの息子か。留守、ね。そいつは残念だ。あいつの死に顔を笑ってやれないとは。わざわざＵＫからえっちらおっちら日本まで来たんだがな』

「イギリス……？　ちょっと待ってください。もしかしてあなたは……」

『他に事務所の人間はいるか？　探偵フィドが来たと伝えてくれ』

「……フィド？」

俺とリリテアはお互いに顔を見合わさずにはいられなかった。

遠いと思っていたイギリス、そして探偵フィド――。

けれどそれは思わぬ形で向こうからやってきた。

なんたる偶然、僥倖《ぎょうこう》――それとも神様的な存在の導きか。

いや、違う。とんでもなくどうしようもない父親だったけれど、探偵としての親父は世界中に名声が轟《とどろ》いていたし、知り合いも多かった。当然、訃報も広まりやすい。

俺はスマホを反対の手に持ち替えて緊張気味に伝える。

「イギリスから？　それはわざわざすみません。というか、ちょうどこちらから会いに行けないかと考えていたところなんです」

リリテアも俺のすぐ横で背伸びをしながら通話に耳をそばだてている。

「いや、こちらの用件についてはまた後で。ところで今は出先なんですよ。ええ、依頼遂行中という感じで」

『場所は？』

「え？　水島園《みずしまえん》っていう遊園地ですけど」

『そうかい。こっちは今しがた空港から出たところだ。タクシーでも拾って首都高でそっちへ直接出向いてやるよ。タルコフスキーの未来都市みたいな眺めを楽しみながら』

「……はい？」

かなり流暢《りゅうちょう》な日本語だけれど、言い回しやイントネーションはやっぱり海外の人のそれだ。

「でしたら待ってますけど、水島園の場所は分かりますか？」

『ヤップ』

最後に俺の直接の連絡先を伝えてから電話を切った。

「朔也《さくや》様、相手はフィド……だったのですよね？」

「そう言ってた。で、よく分からないけど、ここに来るってさ」

「イギリス最高の探偵が？」

「イギリス最高の探偵が」

　正直心の準備はできていなかったけれど、来るというのなら待とう。そして親父《おやじ》のこと、そして親父の敵のことについて可能な限り尋ねてみよう。

「……あ、でも落ち合うにしても園内じゃ大変か。俺、一応入場ゲートの外で待ってるよ」

「では私も――」

「いや、リリテアは引き続き指輪探しを頼むよ。フィドの方から会いにきてくれたおかげで渡航費を貯《た》める必要はとりあえずなくなったわけだけど、だからって今引き受けてる依頼を蔑《ないがし》ろにするわけにもいかない。ゆりうちゃんとの約束もあるし。海」

「それは、その通りですが」

「あ、また目を離した隙に俺が死んじゃうとか思ってるんだろう」

「その通りです。朔也様は色々と迂闊《うかつ》ですから」

「バッカだなあ、こんな華やかで楽しげな遊園地でそう簡単に死んだり殺されたりしないよ！　じゃ行ってくる。すぐ戻るよ」

「朔也様……」

「あ、それから、もしすぐに指輪が見つかって時間が余るようだったら、好きな乗り物にでも乗って時間潰しながら待っててよ。ほら、さっきのメリーゴーラウンドとか」

「どうして？」

「え？　だって結構気に入ってただろ？」

「……別に気に入ってない」

しまった。去り際の軽口のせいで助手を怒らせてしまった。

リリテアと別れて人並みをかき分け、一旦園の外に出る。

流石《さすが》にこの時刻から入場してくる人は少なかったから、この辺りにいればすれ違いになることはないだろう。

近くのベンチに腰を落ち着けようとして、ふと喉の渇きを覚えた。

「お、自販機」

近くを窺《うかが》うと、道路を挟んだ向かい側にいい塩梅《あんばい》の自動販売機とベンチを見つけた。しっかり安全確認を行ってから小走りで道路を渡る。

自販機に小銭を投入、ボタンを押す。五百ミリのスポーツ飲料がガタム、と下に落ちてくる。

屈《かが》んでそれを取り出した――瞬間のことだった。

ギキィィィ――――！

動物の悲鳴のようなブレーキ音が右耳に飛び込んできた。

「え」

音だけで俺は状況を理解した。

自慢というわけじゃないけれど、この手の嫌な予感には慣れてるんだ。

俺の体は道路から外れて突っ込んできた一台の乗用車にはねられて、見事に宙を舞った。

ごめん、リリテア。

俺、また死――。

□

「骨折だね」

医者の見立てはそんなところだった。

つまり俺は死ななかった。

「車にはねられてこれだけで済むなんてキミ運がいいね。ははは」

俺を診断した三十代半ばの男性医師は黒縁メガネをクイッと上げて笑った。

「でも一応CT検査もしとこうか。頭、コブもできてる。転んだ時に打ったんだよ。頭部へのダメージを舐《な》めちゃいけないよ。何ともないと思って油断してるとね、家に帰った後で突然倒れて死んじゃったりするんだ。脳内出血さ。はは」

いや何も面白くないですが。

「藁宇治《わらうじ》先生、その笑っちゃう癖直した方がいいっていつも看護師長に言われてますよね」

奥にいた二十代後半くらいの看護師さんが呆《あき》れたように言う。ネームプレートには八乙女《やおとめ》と書かれていた。

「怒られちゃったよ。癖なんだよね笑っちゃうのが。でも泣くよりいいよねえ？　はは。で、キミ、あとでギプスも作ってもらおう。ほら、これ説明用の見本ね。最近のは軽くて丈夫だよ。ほら、触ってごらん。遠慮せず」

笑い癖のある藁宇治《わらうじ》医師は自分の腕にカポッとギプスをはめて見せると、こちらにグイッと近づけてくる。筋肉自慢の人がやってくる「俺の筋肉、触ってごらん」みたいな感じで。

「はあ……」

「気に入った？　じゃ、そういうことで診察終了」

そう言うと藁宇治は俺より早く席を立ってしまった。医者というのは分刻みで忙しいらしい。

「ほら行った行った。死ぬわけじゃなし、元気を出しなさい。僕？　僕はただのトイレ休憩。この歳《とし》になると近くてね。ははは」

「それじゃ追月《おうつき》さん、呼び出しがあるまで廊下の椅子に座って待っててくださいね」

診察室から出るとき、八乙女さんが優しく案内してくれた。

「なんだ、拍子抜け……じゃないぞ。何を言ってんだ俺は。別に死ぬことを求めてたわけじゃあるまいし」

とにもかくにも、運よく俺は助かった。

肉体的ダメージは右足の骨折と、タンコブ、その他擦り傷。以上。

俺の肉体は自動的に素早く損傷を修復してしまうので本来病院に来る必要もなかったのだけれど、如何《いかん》せん事故現場には他の人の目があった。

明らかに車にはねられるところを見られているのに「平気ですから」とそのままベンチで人を待ち続けるというわけにもいかず、一応形だけ病院に行っておくことにしたというわけだ。

で、探して見ると幸いにも水島園《みずしまえん》の目と鼻の先にこの遠枡《とおます》総合病院があったというわけだ。

「さっきのドリンク代に診察代……。出費ばかり続くなあ」

今回は骨が折れそう——どころか、本当に骨が折れる仕事だった。

事故の際に破れたズボンの裾が情けない。

事故を起こした車は脇見運転か、居眠りか、確かめる間もなく走り去っていった。

ナンバーは覚えていたから、自分で一一〇番して通報はしておいたけれど、正直どうなることやら。警察が捕まえてくれると嬉《うれ》しいけど、正直今はそっちにかまっている暇はない。

とは言え、今は足の骨折が治るまでの間、しばし医者や看護師さん達《たち》をやり過ごさなければならない。

なぜって、すでに治り始めている足の様子をレントゲンで撮られると色々面倒だからだ。なんだキミの体は。本当に人間なのか？　すわ解剖だ、やれ学会で発表だと騒がれるのはごめんだ。——いや、考えすぎかもしれないけど。

ともかく言われるままにギプスなんて作らなくても、自然治癒するまで時間を潰してから元気に病院を出ていけばいいのだ。

「トイレの個室……でもいいけど、本当にお腹《なか》壊した人が駆け込んできたら申し訳ないな」

と、そこへ階段が目に入る。

「屋上か」

ジュースを飲みながら階段を登る。まだ少し違和感はあるけれど、足に大した痛みはない。

「この頃傷の治りが早まってるような……。気のせいかな？」

屋上へ出るためのドアの手前には『立ち入り禁止』の札が控えめに立っていた。過去に事故か何かあったのかもしれない。人が訪れないような場所ならそれはなおさら都合がいいけれど、そもそもドアに鍵でもかかっているようなら諦めて引き返すしかない。

けれどこちらの不安をよそに手をかけたドアノブはあっさり回転し、屋上へ出ることができた。

夜風がフワッと顔に当たる。

「おお」と思わず声が出る。

屋上からは始まったばかりの町の夜景と、水島園《みずしまえん》の電飾が一望できた。いい眺めと言って差し支えないだろう。

数百メートル先であのヘンテコな観覧車も存在感を発揮している。

「っと、景色を楽しんでる場合じゃない。リリテアにちゃんと知らせとかないと」

意気揚々と遊園地を飛び出しておいて、事故であわや死にかけるなんて格好がつかないにも程があるけれど、嘘《うそ》をつくわけにもいかない。というか、多分隠してもリリテアにはバレる。

並べられた室外機の陰に隠れ、スマホを取り出す。よかった。壊れてない。

「あ、もしもしリリテア」

通話が繋《つな》がった瞬間、騒がしい音楽が耳に飛び込んできた。

「待たせちゃって悪いね。でも実はちょっとしたアクシデントに巻き込まれちゃってさ、今近くの病院に来てるんだ。でも何も心配するようなことはなくて」

電話口にリリテアが出たのを確認するや否や、俺は微妙な後ろめたさからやや早口で捲《まく》し立《た》てた。

それに対してリリテアは「大変です」と意外なことを言った。

「え？　何かあったのか？　もしかして指輪が見つかったとか？」

『いいえ。申し訳ないのですがそちらはまだ見つかっておりません。そうではなく』

リリテアはどうも走りながら通話をしているらしく、彼女の息が弾むのがわかった。最初に聞こえてきた音楽もすぐに遠ざかっていく。

『園内で何か事故、あるいは事件が起きたようです』

「……事件？」

『つい先ほど、トレチェスが突然停止したのです』

「トレ……なんだっけそれ」

『ハッピー・トレジャーチェスト観覧車。ちゃんと覚えて』

「ああ、あれか。観覧車で何かあったのか」

言われて思い出し、文字通り屋上から見えている観覧車を改めて注視する。さっきは気づかなかったけれど、言われて見てみると確かに観覧車の回転は止まっていた。

『そして停止の数分後に、複数人のスタッフさんが慌てた様子でトレチェスの方へ向かって行く様子を確認しました』

「それ、単なる機械の動作不良とかじゃないの？」

『いいえ。入れ違いに観覧車の方から戻ってきた人達《たち》がこう叫ぶのも聞きました。観覧車に乗っていた人がみんな死んでいる――と』

「死人が出たのか。大変だな…………え？　ごめん。なんて言った？　みんな？」

ビル風を避けるように身をかがめて再度聞き返す。

「観覧車に乗っていた人が……？」

『乗客が』

「全員死んだ⁉」

あの、楽しげな電飾と照明に彩られた観覧車の中で？

突然伝えられた現実離れした情報に脳の処理が追いつかない。

『私は今現場へ向かっています』

「……わかった。俺もすぐに向かうよ」

分からないなりに行動だけを決意する。行ったところでなにができるのかと思わないでもないけれど。

「事件現場に居合わせたなら、探偵としてそれを放っておくわけにもいかない、よな」

俺の言葉にリリテアがどこか満足そうな吐息を漏らす。

『その通りですね。お父様、断也《たつや》様なら間違いなく率先して現場へ飛び込んでいくでしょう』

「やめてくれよ。追月《おうつき》断也って探偵は現場を破壊して再構築した上に、最終的には事件そのものや、情緒や余韻ってものまで台無しにして去っていく男だよ。俺は親父《おやじ》みたいにはなれないし、ならないよ」

と、本心を伝える。

『朔也《さくや》様の父親評はいつ聞いてもユニークです。……ところで朔也様』

「なに？」

『フィド様とは合流できたのですか？』

痛いところを突かれた。

「あ……いやーそれがまだなんだ。だから俺の方も色々あったんだよ。フィドからの連絡は来てないからまだこっちに向かってる途中なんだと思う。でもイギリス最高の探偵と言われてるくらいだし、フィドがその事件に関わりでもしたら俺の出る幕なんてないかもしれないな」

『またそのような弱気なことを。推理合戦をしてみせるくらいの気概を見せてください』

リリテアの激励を耳に受けてから通話を切り、俺はドアの方に戻った。

「あ！　追月《おうつき》さん！」

そこで看護師と鉢合わせた。診察の時にいた八乙女《やおとめ》看護師だ。ちょうどドアを開けて出てきたところだったらしい。

「いたいた！　どこへ行ってたの！　廊下にいないから探したんですよ！」

「すみません、迷っちゃって」

「ほら、大人しく下の階で待っていてくださいね。あとここは立ち入り禁止です」

子供みたいに叱られながら屋上を後にする。

八乙女看護師と別れた後、俺はすぐさま一階へ降りた。たった今叱られたばかりで正直申し訳ない気持ちだったけれど。

受付の前を何食わぬ顔で通り過ぎ、病院を出る。

一応、支払いカウンターには診察代としてこっそり多めにお金を置いてきたけれど、何か問題がありそうなら落ち着いてからまた来院しよう。

病院前の道は歩道が広く作られていて、人通りは少なかった。このまま水島園《みずしまえん》まで道沿いに進んでもよかったけれど、それよりも間に広がる公園を突っ切ってしまう方が早そうだ。

歩道から外れて公園に入ると、すぐに植林された木々が空を覆った。

「この公園、リリテアに引っ張られて昼間に何度か来たことがあったけど、夜はこんなに暗いんだな」

もっと街灯や照明を設置すればいいのに。周辺は住宅地でもないので夜は通りも少ない。

「これじゃ女の人や子供は歩きづらいだろうに……」

と、人様の心配をしていると——いきなり視界が揺れて霞《かす》んだ。

正直、本気で両目が飛び出して地面にでも落ちたのかと思った。

「ぐァ……!? な、なん……」

足から力が抜け、地面に両膝からくずおれる。キーンと聴覚が痺《しび》れ、全ての音が遠ざかる。

頭に鈍痛。殴られた？

出血は？

咄嗟《とっさ》に手で確認しようとしたが、痺れて動かない。俺の体は一瞬にして致命的なダメージを負っていた。

「だ……誰……だ？」

這《は》いつくばったまま背後を振り返る。

誰かがそこに立っている。暗くて顔がよく見えない。

誰？　何で殴られた？

背後から俺の頭を殴……それにしては妙な感触が……視界が……ぼやける。ああ——。

だめだ、考えがまとまらなくなってきた。思考が意味をなさない。脳内出血？　脳の大事な部分が傷ついてしまったらしい。

リリテアに……電話を……公園、観覧車…………フィ……ド——。

その何者かが、倒れた俺目掛けてさらに凶器を打ち下ろしてくる。大した腕力だ。

「よりにもよって探偵なんて、冗談じゃない」

死にゆく俺に向けて、男はそう言った。

ユリュー・デリンジャーの挨拶・2

ここで待っていろ——そう言われて無理やり押し込められたのはマンションの一室だった。

連れてこられる途中、スマホや荷物は全て奪われてしまった。移動中の車の中で目隠しもされたからここがどのあたりなのか定かじゃないけれど、それでもなんとなく予想はつく。

一生懸命に車を遠回りさせていたみたいだけど、生憎《あいにく》ルチアノ・ファミリーのナワバリなら全て地図として頭に入っている。

自分達《たち》の力が及ばないほど遠くには連れ出さないはずだから、ここはあのカフェからそうは離れていないはず。

窓にはブラインドが下されていて室内は薄暗い。それでもやたらと派手で高価そうな家具や絵やインテリアが目についた。

ルチアノ・ファミリーは長年細々《ほそぼそ》と悪事に手を染めてきた小さなマフィア組織だった。けれど何があったのか、ここ数年で一気にその勢力を拡大していた。ここはその勢いを証明するような部屋だった。

それにしたってひどい趣味。見栄《みえ》の世界大会でも開いているみたいだ。

「象牙の置物なんて久しぶりに見た」

「キミが気に入らないなら明日にでもみんな売り払おう」

独り言だったのだけれど、返事があったので振り返るとドアの前にルチアノが立っていた。

「ここは一棟丸ごとうちの持ち物で、この部屋は俺の私室なんだ。さてユリュー、やっと二人きりになれて嬉《うれ》しいが、数日中にはキミを引き渡さにゃならん」

「引き渡す？　誰に？」

「それはキミが知る必要のないことだ」

少なくとも警察ではないだろう。

私はかたわらのテーブルに腰をかけ、ヒールをプラプラさせながら言った。

「私が追っている情報はよっぽどつついちゃマズいことだったみたいね。天下のルチアノ・ファミリーさんが尻尾を振って私を献上するほどの相手って、一体どこの誰かしら？」

「いいよユリュー。それでこそキミだ。噂《うわさ》で聞いていた通りのいい女。本当に、手放すのが惜しくてたまらない」

私の挑発を聞いているのかいないのか、ルチアノは肩を震わせて笑う。

「……ところでこのドレスはなに？」

私は今自分が身につけている純白のドレスについて説明を求めた。この部屋に閉じ込められるなり、これを着て待っていろと押し付けられたものだ。

「よく似合ってる。綺麗《きれい》だ」とルチアノは言った。

「キミとの時間は一秒だって無駄にしたくない。だから――」

「だから？」

「結婚しよう」

「……は？」

「たとえほんの数日の間だけでもいい。キミを妻にした男になりたい」

「つまりこれはウエディングドレスってこと？」

あ、ダメだ。本気の目をしてる。

理屈じゃなく分かる。

この男は本気で真剣に私に恋をしている。

「俺も裏社会で生きる男だ。キミがどんなに危険な女かはよく心得てるつもりだよ女帝《エンプレス》。名前も姿も素性も変え、化粧一つでどんな女にも変身し、世界中を股にかけて数多《あまた》の為政者を虜《とりこ》にしてきた魔性の女。ずっと会いたいと思っていた。いつか俺の元に舞い降りてくれるのを夢見ていた」

「男の子の夢が今日叶《かな》ったってわけ？」

思わず呆《あき》れ笑いが込み上げる。

やれやれ。これで人生何百回目のプロポーズだろう。

笑いを噛《か》み殺《ころ》しながら、もう一度部屋の中を観察する。

壁も床も窓ガラスも、多分弾丸を通さない分厚い特別製だ。なぜって、物音を立てた時の壁からの反響、歩いた時の床の硬さ、外からの音に対する遮音性――。計り知る術《すべ》は色々とある。

さすが組織のボスの私室と言うだけあって用心深い造りをしている。

情報を得るためにわざと捕まったのだけれど、これは抜け出すのに少し手間がかかりそう。

「すぐにでも式をあげよう。最高の披露宴にする。キミにはなんの苦労もかけない。指輪は明日にでも用意する。俺の愛を受け入れてくれるね？」

ルチアノは自分の気持ち以外は全てお構いなしって具合で熱っぽく語る。

困ったなあと思っていると、部屋にルチアノの部下が入ってきて彼に耳打ちをした。

「ボス、奴《やつ》が来ました。下で待たせてます」

「例のトレジャーハンターか。……わかった」

ルチアノはあからさまに水を差されたという顔をしたが、すぐに笑顔を取り繕ってこちらに微笑《ほほえ》む。

「悪いなユリュー。先にちょっとした仕事を片付けなきゃならん。少しここで待っていてくれ。ああ、テーブルの上のワインは好きに飲んでいい。冷蔵庫には各国のビールもある。フルーツがよければ持ってこさせよう。このピオに遠慮なく言ってくれ」

持ち合わせた全ての気遣いを披露し終えると、彼は颯爽《さっそう》と部屋を出て行った。

部屋の中には、ルチアノがピオと呼んだ男だけが残った。

ピオは身長二メートル近くある大男で、全ての感情を自宅に置いてきたとでもいうようなしかめ面で私を見張っている。

指一本お触れ致しません。あなたがここから出ていこうとしなければ。

大男の目はそう言っていた。

さて、どうしようかな。

二章　いいじゃない。素敵で。

「お蘇《かえ》りなさいませ」

生き返るとそこは薄暗く、肌寒い部屋の中だった。

仰向《あおむ》けになった俺の視界には寒々しい天井と、リリテアの顔があった。

彼女は微笑《ほほえ》むでも悲しむでもない、こういう時のリリテア専用としか思えない表情でこちらを見下ろしている。

俺の後頭部には彼女の柔らかな太ももの感触がある。

「リリテア……俺は」

「また殺されてしまったのですね、朔也《さくや》様」

「……らしいね」

若干フラつきながら体を起こす。

「ここは……？」

「遠枡《とおます》総合病院の霊安室でございます」

「霊安室……」

殺されて生き返るにはこれ以上なくうってつけで、これ以上なく笑える場所だ。

見るとリリテアは遺体安置用のベッドに深く腰をかけていた。そうして俺のことを膝枕

して生き返りを待ってくれていたのだろう。

「リリテアが俺の死体を見つけてここへ運んでくれたのか？」

「いいえ。観覧車に到着して情報を集めた後、再度朔也《さくや》様に連絡をしたのですが繋《つな》がらなかったので、胸騒ぎがして病院へ向かったのです。あれから三十六分が経過しています」

特殊なベッドは大人の腰ほどの高さがある。無意識だろうか、リリテアはそこから投げ出した足をプラプラさせながら言った。

「受付で朔也様の特徴、そして関係者であることを伝えて調べていただいたところ、自動車事故に巻き込まれたことが原因で死亡したと教えられ、こちらに通されました。そうしましたら、ベッドの上には帰らぬ人となった朔也様が」

「いや、帰ってきただろ……って、え？　自動車事故？」

「はい。事故で頭部を強打したことによる脳内出血が原因だと聞かされました。移動の途中で事故に遭うなんて朔也様、迂闊《うかつ》です」

「そんなバカな！　いや、確かに事故にはあったよ。でもそれは骨折だけで済んだんだ。本当だよ！　むしろ拍子抜けしたくらいで。でもその後、病院を抜け出して……そう！　あの公園で誰かに襲われたんだ！」

「それ、夢じゃないんですか？　最初の事故の時に本当はもう死んでいたのに、自分が死んだことに気づかず幽霊として彷徨《さまよ》っていたのではないですか？」

「怖いこと言うなよ！　そんなの冗談じゃない！」

「ちょっとリリテア、いつの間にそんなタチの悪いジョークを覚えたんだ」

これは一つ叱ってやらねばと肩を怒らせてみせると、リリテアはぷいとそっぽを向いてしまった。

「だから言ったのに。リリテアを置いて一人で行っちゃうから。おバカな人」

ああ、頬《ほお》が膨らんでいる。

「少し目を離すとこれ。できれば朔也様のズボンのポケットに忍び込んで常に見張っていたいくらいです」

「冗談です」

「う……それについてはごめん」

「その破れたズボン、誰が縫うの？」

「リリテア、です……」

怒らせた肩がみるみる萎《しぼ》んでいく。そんな俺の様子を見て満足したのか、リリテアは両手で可愛《かわい》らしく口元を覆ってくすりと笑った。

お、これは話題を次へ移してもいいという合図だな。

俺は流れるように自分が殺された時の状況を説明した。

「公園の暗がりで襲われましたか。物騒な世の中ですね」

「何か鈍器で殴られたんだけど、凶器がなんだか分からなかったよ」

「死に際に見ることもできなかったんですね」

「ああ。それに犯人の顔もね。……でもなあ……あの感触……」

思わず自分の頭をさする。偉いもので傷はもうすっかり治っている。

「何か気になることがあるんですか？」

「うーん、何となく頭に残ってる感触がさあ……でも、まあ今はいいか。それより重要なのは、そもそも俺は一体誰に、なぜ殺されなきゃならなかったのかってことだ」

「心当たりはないんですか？」

「見たところ金品が盗まれた形跡はないから強盗じゃないし……心当たりがあるとすれば……俺を車ではねて逃げて行った人――かな？　例えば、最初から俺を轢《ひ》き殺すつもりで突っ込んできたのにやり損ねたから、今度こそ確実にトドメを刺そうと後を追ってきた、とか」

俺を殺すつもりだったとして、今そんなことをしそうなのは――

「最初の七人《セブン・オールドメン》の誰か……？」

「朔也《さくや》様のお立場を考えれば、その可能性も充分あるとは思いますが……」

リリテアの表情はパッとしない。

「しっくりこない？」

「いえ、いいんです。今ここで考えても答えは出ません」

何だか今日はお互いしっくりこない者同士だ。

「……そうだな。本当に運悪く通り魔にやられただけかもしれないし」

確かに答えは出そうもない。俺達《たち》は推察を切り上げることにした。

リリテアがベッドから降りてこちらに手を差し伸べてくる。

「まずは病院《ここ》を出ましょう。トレチェスの事件も気がかりです」

「そうだ！　観覧車！　そっちの事件もあったな。でも、勝手に出て行っちゃっていいのかな」

ついさっきそれをした身で言えた立場じゃないのは承知していたけれど、今度は死体として運び込まれた身なのでつい気になってしまう。

それに対してリリテアが冴《さ》えたことを言った。

「病院は人の命を救う場所。死んだ人間にはもう用はないでしょう」

向こうもこっちも用はない——か。悪くないダブルミーニングだ。

□

水島園《みずしまえん》に向かう間、リリテアから水島園で起きた事件のあらましを聞いた。

現場はリニューアルして間もない観覧車。

発覚したのは午後五時半過ぎ。

スタッフの一人が一周回って降りてきたゴンドラの扉を開け、乗客を下ろそうとしたところ異変に気づいたという。

「いくら待っても中から乗客が降りてこない。不審に思って覗《のぞ》いて見ると、中で殺されていたそうです」

リリテアは自分の感情や主観を入れないように努めて淡々と話す。

「ゴンドラの中にいた乗客は一人。十代後半くらいの男性だったそうです。男性は背中をナイフで深々と刺され、椅子に突っ伏すようにして絶命していたそうです」

それを見て腰を抜かしたスタッフ。けれど観覧車は無慈悲に回り続ける。

そのまま次のゴンドラが帰ってくる。

そうしたら——そっちのゴンドラでも人が死んでいた。

「今度は四十代半ばの夫婦。どちらも口から泡を吹き、もがき苦しむようにして死んでいたそうです」

まだまだ観覧車は回る。

無人のゴンドラを一つ飛ばしたその先では、初老の女性がなんらかの刃物で喉を突かれて——。

二つ飛ばした先では二十代後半の男性が胸にナイフを——。

次から次へ——ゴンドラが死体を運んで帰ってくる。

スタッフはパニックを起こし、ゴンドラを停止させた。

結局計三十二基あるゴンドラのうちの約半数、十五基のゴンドラの中で犠牲者が出る事態となった。

それも、観覧車が一周するおよそ十分間のうちに――。

俺達《たち》が水島園《みずしまえん》に戻った時、園内にはもう混乱が広がりつつあった。

俺達と入れ違う形でゲートの方に向かって担架が運ばれていく。

警察はまだ到着していないようだ。

「あまりのことに通報が遅れたようです。病院がすぐそこだったので咄嗟《とっさ》に救急車は呼んだそうですが、警察のほうは皆さん、てっきり誰かが通報しただろうと思い込んでいたようで」

観覧車はストップしたものの、園そのものを封鎖するかどうか、スタッフもいまだ対応を決めかねている様子だった。

死者の数が最終的に何人になるかまだ見当もつかない。

「大変なことになってしまいましたね」

「ああ、遊園地だからって、もうお互い浮かれてる場合でもなさそうだ」

「お互い？」

俺の言葉にリリテアが反応する。

「私、別に浮かれてなどおりませんが」

「え？　だってさっき電話した時、一人で乗ってたんだろ？　メリーゴーラウンド」

悪気なくそう言うと、一瞬にしてリリテアの小さな顔が紅潮した。

「どうして！」

「ああ、電話越しにメリーゴーラウンドの音楽が聞こえてたから、そうなのかなって。違った？」

「乗ってないもん！　リリテアは列に並んでただけ！」

乗ろうとしてたんじゃないか。

現場に到着してみると、すでに被害者の人達《たち》は残らずゴンドラの中から運び出された後だった。

スタッフは現場を遠巻きに見物、あるいは撮影している一般客を遠ざけようと必死になっている。

夜空にぼうっと浮かび上がる観覧車。こんな事件が起きた直後に見ると、なんだか恐ろしい人食いマシーンのように思えてくる。

もっと近くへ、と群衆から抜け出すとすぐに女性スタッフに止められた。

「すみません。今は近づかないでください」

「えっと、追月朔也《おうつきさくや》と言います。これでも探偵をやってまして、警察の到着が遅れてるみたいですし何か力になれるかなと思ってきてみたんです」

「え？　探偵さん？　あなたが？」

「はい。こういう現場には比較的慣れてる方だと思うんですが」

そうして控えめにアピールして見せると、奥にいた別の男性スタッフが「なにィ？」と声を上げた。これは効果あったかなと思いきや、続けて彼はこう言った。

「また探偵か！　探偵なら間に合ってるよ！」

「……間に合ってる？」

今、なかなかレアな日本語を聞いたぞ。いつから探偵は新聞や牛乳のような扱いになったんだろう。

「ほら下がって下がって！」

そのまま押し返されそうになったとき、ゲートの方から澄んだ声がした。

「キミ今、オーツキって言った？」

スタッフの間をすり抜けるようにして現れたのは、ブラウスの上に上等な仕立てのベストを着たプラチナブロンド・ヘアーの異国少女だった。

「言ったよね？　ね？」

年齢は俺と同じくらい。

足元には使い込まれたマロン色のトランクが置かれ、その隣にはひどく目つきの鋭い中型犬が静かに控えている。

彼女の愛犬だろうか。異国少女と犬。上手《うま》く言語化できないけれど、やけにマッチする取り合わせに見えた。

「それじゃキミがサクヤ・オーツキなんだね！　タツヤさんの息子さんの！」

彼女は好意的なオーラを発しながらこちらに近づいてくる。ホットパンツから覗《のぞ》く健康的な生足が眩《まぶ》しい。

「そう、ですけど……」

こちらの返答を聞くと彼女はすぐに近くのスタッフにこう告げた。

「それなら彼を通してあげてください。とっても優秀な探偵さんのはずです」

「は、はあ……。そう仰《おっしゃ》るなら、どうぞ」

おかげで通してもらえたので彼女の進言はありがたかったけれど、あんまりハードルを上げられてもちょっと困る。

「初めまして！　会えて嬉《うれ》しぃよ」

彼女は改まったようにパッと両腕を広げて笑顔を浮かべる。

「それじゃ……あなたがフィド？」

「いやー、この遊園地に来て早々大変な事件に出くわしちゃったんだけど、探偵だって言ったらなぜか協力する流れになっちゃったんだよ」

その声は確かに先ほど電話口で耳にしたものだった。でもその口調は全く別人みたいだった。さっきはなんだかやさぐれた老兵みたいな口調だったのに、今は別人のように明るく人懐っこい雰囲気だ。

日本語に不慣れで口調が安定しないのかな？

俺が小さな疑問に囚《とら》われている間にも少女は広げた両腕をそのままに、こちらを待ち構えている。

「え？」

戸惑いを見せる俺に、彼女はその体をユサササッと小さく揺らしてアピールしてくる。

俺はツーテンポくらい遅れてから相手の意図に気づく。

「あ！　ハグ！　そっか、ごめんごめん！」

異国の習慣に戸惑いながら軽くハグをする。

まさか英国最高の探偵が同年代だったとは驚きだ。

世界は広い――と今更な感動を覚えていると、フィドがそのままの体勢で俺にこう囁《ささや》いた。

「こっちも巻き込まれて大変だったけど、キミも大変だったみたいだね」

「……どうしてそれを？」

先程の公園でのことがよぎって思わずドキッとする。

「その破れたズボンと汚れたジャケットを見れば分かるよ。ボクには分かる。サクヤ、キミはここへくる前に道路で……」

さすが名のある探偵。会ってすぐに俺の様子からプロファイリングを始めた。これはかのシャーロック・ホームズばりの鋭い推察を拝めそうだ。

「車に轢《ひ》かれそうな犬を間一髪で助けたんだよね？　ボク、さっきこの遊園地の外で仔犬《こいぬ》を見かけたんだ。その子、自販機の裏で震えてた。そのすぐそばには車のタイヤ痕が残ってた。それでピンときたんだ。サクヤがボクからの電話に出られなかったのは小さな命を救っていたからだって。ザッツQ・E・D！」

「いや、違いますけど」

全然鋭くなかった。強引なこじつけ、都合のいい妄想。見当違いも甚だしい。

「え！　違うの？　あ、あれ……おかしいなー」

大丈夫か探偵フィド。

「なんですかザッツQ・E・Dって。二度と言わないでください。そういうダサいやつはうちのリリテアがひどく嫌うんですよ。ねえリリテア」

「そこで突然私に話を振らないでください。申し遅れました。私は朔也《さくや》様の助手を務めております、リリテアと申します」

突然のパスにも動じず、リリテアがそつのない挨拶をする。

「リリテア！　どうぞよろしく！」

フィドがリリテアに対してもハグを求め、リリテアは慣れた所作でそれを受ける。

その素晴らしく美しい国際交流の様子に目を細めながら改めて彼女を歓迎する。

「フィドさん、遥々《はるばる》日本までようこそ」

「久しぶりに日本へ来ることができてボクも嬉《うれ》しいよ！　って……え？　フィドって、ボクのこと？」

けれど、挨拶の途中で突然フィドがキョトンとした表情を浮かべた。

「え？　だから、あなたが名探偵フィド……なんですよね？」

改めて尋ねる。

けれど彼女は首を振る。

「違うよ？」

「んん？　それならキミは誰なんだ？」

「ボクはベルカ。ベルカ・ゼッペリン！　フィドの唯一にして無二の助手さ！」

「助手？　ああ、なんだ助手！　それならそうと言ってくれればいいのに。俺はまたてっきり……」

「ごめんごめん！　着いて早々色々あったから自己紹介が遅れちゃった」

実に紛《まぎ》らわしい。でもそれならさっきの見当違いな推理も合点がいく。

「でも電話ではキミがフィドと名乗ってしゃべってなかったっけ？」

「それはそーだよ。あの時はボクがフィド先生の言葉をそのままキミに伝えていたんだからね」

「ああ、英語から日本語に翻訳して通訳してくれてたってことか」

「うーん、通訳と言えば通訳……なんだけどね」

なんだかよく分からない。

「で、肝心のフィドさんはどこに……？」

「何言ってんだよ。フィド先生ならさっきからずっとここにいるじゃないか！　ほら！」

フィド改め助手のベルカは両腕を派手に使ってジャーン！　とフィド本人を紹介してくれた。

そこにいたのは、ベルカの脇に先ほどからじっと控えていた——あの犬だった。

「え？」

ようやく自分に話題が向いたことを悟ったのか、ギロリと下から睨《にら》みつけてくる。

「この犬が……？　それって……ブリティッシュ・ジョーク？」

「ノー！」

「え……ええー!?　この犬が名探偵フィド!?」

どう思う？と思わずリリテアを見る。しかしリリテアは一切動じていない。

「朔也《さくや》様、ご存知《ぞんじ》なかったんですか？」

「リリテアは知ってたの!?　何だよ、言ってくれればいいのに！」

「英国でご高名な探偵様ですよ。同業者として当然ご存知のものと思っていました」

それを言われるとぐうの音も出ない。

「朔也様、これから探偵としてやっていこうとお思いなら、その世界のことにもう少し興味を持って見識を広めてください。リリテアは心配です」

それを言われると弱い。親父《おやじ》から事務所を託されてまだ日も浅い駆け出しの身としては
「勉強します」としか言えない。

「でも、まさか犬とは……。えー、そうなんだ。驚きだ……」

世界は広く、謎に満ちている。

驚嘆する俺を微笑《ほほえ》ましく眺めていたベルカがやにわに口を開く。

「小僧、驚嘆して目ん玉やら別のタマやらを地面に落っことすのはお前の勝手だが、オタオタすんのは五秒までにしとけ。それ以上は無能のすることだ」

「え……？　ベルカ……今何を……？」

俺は見た。そのひどいセリフがベルカの口から発せられるのを。確かに見たし、聞いた。

唖然《あぜん》として彼女を見ると、ベルカは慌てて両手の人差し指でフィドの方を指した。

「あ、誤解しないで！　今のは先生の言葉だからね！」

「どういうこと？」

「つまり、ベルカさんがフィド様の言葉を人の言葉に通訳して代わりに話したということでしょうか？」

「そういうことだ。そっちのお嬢ちゃんの方が飲み込みが早いな。よっぽど探偵らしいぜ。

──あ、これも先生の言葉ね」

「犬と話せる──って……リリテア、信じていいと思う？」

そっと耳打ちすると、リリテアは「いいじゃない。素敵で」と真顔で言った。

「だいたい朔也《さくや》様、人様のことをどうこう言えますか？」

確かに。

殺されても生き返る俺に他所《よそ》様のことをどうこう言う資格はない。

名うての探偵が実は犬で、その助手は犬と会話ができる。時にはそんなこともあるらしい。

驚きの連続で目眩《めまい》がしてきたけれど、ここは受け入れて話を進めるしかない。真偽はそのうちはっきりするだろう。

「そっちでヒソヒソ話されても俺の耳には筒抜けなんだがな。タツヤの倅《せがれ》というからどんなのが飛び出すかと思って見に来たが、やれやれ、とんだマヌケがご登場だ」

と、ベルカ――を通してフィドが言う。

彼の言葉を代弁するとき、ベルカの声色はやや低く落ち着いたものになるらしい。

よく見るとベルカが通訳する直前にはいつもフィドがワフ、とかグウとか、何か小さく唸《うな》っている。

「フィド、実はあなたに協力を頼みたいと思ってたんです。親父《おやじ》の……いえ、最初の七人《セブン・オールドメン》の情報を集めるために」

「フン、そんなこったろうと予想してたぜ。だがな、今は目の前の事件が先だ。日本の回転寿司《ずし》だってまず目の前の皿から片付けるんだろう？」

こちらの焦りを笑うように、フィドが片目を器用に吊《つ》り上《あ》げて観覧車を見上げた。

「多数の死者を出し、混乱の渦に飲まれた観覧車だ。さて小僧、お前ならどう推理する？最初の七人《セブン・オールドメン》に近づいて奴《やつ》らをどうこうしたいと本気で考えてるなら、少しは冴《さ》えたところを見せてみろ」

フィドは俺を試そうとしている。ここで何もできないようなら、協力はできない。そう言っているのだ。

「……やってみます」

いつもの俺ならもう少し保険をかけた言い回しを選ぶところだけれど、今は目的がある。そのためにはフィドの力が必要だ。力を借りるには認めさせなければならない。

だったらやるしかないじゃないか。

「見せてやるよ。この追月朔也《おうつきさくや》の推理を」

「朔也様、そのセリフは少々ダソうございます」

「ダ、ダメかなあ？」

「自分の名前の上に〝この〟をつけだしたらいよいよですよ」

今日もリリテアは手厳しい。

トレチェスは水島園《みずしまえん》の西の端、どん詰まりに建っている。そのことはパンフレットの地図であらかじめ知っていたけれど、実際に見てみると園のすぐ脇を河川が流れていることがわかった。

「こうして見ると、観覧車の円の左端は一部川の上に迫《せ》り出《だ》しているんだな」

それは人によってはなかなかスリリングであり、楽しい眺めかもしれない。

対岸の建物の明かりが暗い水面に反射して揺らめいている。

この辺り一帯は埋立地で海までそう遠くないので川幅は広く、流れは穏やかだった。時折何か大きな魚が跳ねて水面に飛沫《しぶき》が上がるのが見えた。

改めてトレチェスの周辺を見て回った後、聞き込みを開始した。

「事件が起きた時、何か気になることはありませんでしたか？」

事件発生時トレチェスのゲート付近に立っていたという女性スタッフの芥沢《あくたざわ》さんを紹介してもらい、話を聞いた。

フィドとベルカは口出ししませんよ、というように俺達《たち》の後ろに待機しているけれど、しっかり聞き耳は立てている様子だ。

「見た、聞いた、嗅いだ、触った。なんでもいいんですけど」

彼女は青ざめた表情で「それが……」と言った。

「あまりに突然のことで……」

芥沢さんは赤いスタッフ帽の後ろからポニーテールをぴょこんと出した大柄な女性だった。けれど今はショックからすっかり肩を窄《すぼ》めてしまっている。

「発生時、トレチェスはそれなりに盛況だったみたいですね。半分以上埋まっていたとか」

「それは、はい。料金50％オフの効果は正直あんまり期待してなかったんですけど、もしかして効果が出たのかな、なんてスタッフ同士で話していたんです……。でもまさかこんなことになるなんて」

「期待してなかった？……ふうん。それで、乗り合わせていた乗客の全員が犠牲に？」

「そうです！　ひどい状況でした……。それでもまだ助かる見込みのある人もいましたし、とにかく救急車を呼ばなきゃって必死で……」

「現場付近で怪しい人を見ませんでした？　足早に立ち去る人……とか」

「えっと……すみません。あの時、そんな余裕は……」

それは無理もない。スタッフからしてみれば悪夢のような状況だ。冷静に周囲を観察し、記憶しておく余裕なんてなかっただろう。

「他に何か気になっていることはないですか？　なんでもいいんですけど」

念のためもう一押ししてみると、芥沢《あくたざわ》さんは「まあ強いて言えば」と前置きしてこんな話を聞かせてくれた。

「日輪《にちりん》観覧車が建て替えられてトレチェスに変わった直後からのことなんですけど、ちょっとした噂《うわさ》が流れるようになっていたんです。ネットとかで」

「噂？」

「子供じみた噂ですよ。その、トレチェスには悪霊が取り憑《つ》いてる……とかそういう」

「ホラー系の都市伝説みたいなものですか。建て替えられる前にはそんな話はなかったんですね？　日輪観覧車に取り憑いた幽霊とか妖怪とかそういうの」

「ないですよ。最近になって急に、です。と言っても一部の人が面白がって話していただけみたいですけど……。ほら、もともと評判がよくなかったところに加えて不気味な噂話が立っちゃったものだから、それで一層お客さんが遠のいちゃいまして」

「ああ、だから半額キャンペーンもそれほど期待してなかったと」

噂の出所は結局分からないままだと言う。

真新しいアトラクションに取り憑く悪霊というのは正直なんとなくしっくりこないもの

があるけれど、今回の事件と全くの無関係と言ってしまっていいんだろうか？　観覧車の悪霊が乗客を次々に殺した？

いやいや。

まさかそんなことはないだろうけれど、でも当事者ではない無関係の大勢の大衆はそう結びつけて、とりあえず納得してしまうかもしれない。

人は時に真実よりも、嘘《うそ》とわかっていながら面白そうな作り話の方を広めてしまうものだ。それが自分には関係のない、知らない町の知らない遊園地の事件なら尚更《なおさら》だ。

さて、聞けるだけの話は聞いた。

俺とリリテアは芥沢さんにお礼を言ってその場を離れようとした。けれどすぐに別の若い男性スタッフに呼び止められた。

「あの……大変な最中のことだったんで……自信ないんスけど……」

話を聞いてみると、彼は芥沢さんが上げた最初の悲鳴を聞いて一番に駆けつけたうちの一人だった。

「何か見たんですか？　スタッフの皆さん大変だったみたいですけど」

「そりゃもう、ゴンドラに乗った人達《たち》が次から次へ……変わり果てた姿で帰ってくるもんだからパニックでしたよ。とにかく運び出すのに精一杯で……。で、それでなんスけど俺……どうも違和感があって」

「倒れたお客さん達《たち》を外に運び出した後、とりあえずって感じであそこのゲートの横のあたりに並べて寝かせておいたんです。すんません。そうしないと間に合わなかったんで……」

「と言うと？」

「それは……そうでしょうね」

いつだったかテレビで見たバラエティ番組の企画を思い出す。次々と迫り来る回転寿司《ずし》を取りこぼさず早食いしていくという企画だ。彼の場合、それの最も嫌なパターンを味わってしまったというわけだ。

「で、その後でここから少し奥まったところにある従業員の休憩所に、改めてスタッフみんなで運び込んだんです。なんせまだ救急車も間に合ってなかったもんで、その場所もとりあえずってことで……あ」

そこまで一気にしゃべってから彼は「話が逸《そ》れました」と言って改まった。

「で、ですね。さっき改めてその休憩所に行ってみたんスけど……その、どうも合わない気がして……」

「合わない？　何がですか？」

彼はかぶっていた赤い帽子を脱ぐと両手でくしゃくしゃに丸めた。

「数です。遺体の数が……あ、まだ正式に死んだかどうか分からないから遺体じゃないのか……。でもあの様子じゃほとんど誰も助からな……」

「一人でも多く助かることを祈るばかりですが、今はそっちじゃなくて、なんて言いました？　数？　遺体の数が合わなかったんですか？」

「一人……少なくなってたような気がして」

それは大問題じゃないのか。

「いや！　だからその……運び出してる時は無我夢中のヤバい状況だったんで、正直自信ないんスよ！　一体全体何人運び出して、一人一人どういう顔と格好をしてたかなんて……！　だから記憶違いかも……。そ、それじゃ俺、行きますんで！」

男性スタッフは最後にそうして感情を爆発させ、その場から離れて行った。

その背を見送りながら俺とリリテアは言葉を交わす。

「観覧車の悪霊の噂《うわさ》に、現場から消えた被害者――か」

「あの方の証言が勘違いではなかったと仮定すると……」

「そのいなくなった誰かが犯人――か」

「もっと言えば、犯人は噂の悪霊を装って犯行に及んだという可能性も考えられますね」

「なんなら噂を流した張本人かも」

犯人は被害者を装ってスタッフにゴンドラから手厚く運び出させ、まんまと他の犠牲者に紛《まぎ》れた。

木を隠すなら森の中。犯人を隠すなら……骸《むくろ》の中？

「あとは周囲の人間の注意が自分から逸れるタイミングを見計らって起き上がり、何食わぬ顔でスタスタ歩いて園から出ていった……ってところか」

「死んだと思わせておいてムクリと起き上がるなんて、なんだか朔也《さくや》様みたい」

「やめてくれよ。……でも、自分が殺した大量の犠牲者の骸《むくろ》と並んで寝かされて、じっと逃亡の機会を待つなんて、そんなタフなことできるかな？　まともとは思えない」

「ですが朔也様、そもそもこんな大それた大量殺人事件を起こす時点で」

「まともとは言えない……か」

「とは言え、最初に申しました通り証言者の勘違いの可能性もございます。それにたとえそうでなかったとしても、犯人がどのようにして犯行をなし得たかについては皆目わかっておりません」

犯人はどうやって観覧車が一周する十分の間に、移動中のゴンドラに乗った人々を殺害して回ったんだろう。

そんな常識外れの、悪霊じみた犯行が果たして人間に可能なのか？

もし可能な人間がいるとすれば——。

それは常識の埒外《らちがい》にいるド級の罪人——最初の七人《セブン・オールドメン》くらいのものだ。

「まさか本当にヤツらが……？」

「何をカカシみたいに突っ立ってる。推理するのは全ての情報をテーブルに並べてからにしろ」

フリーズしかけた俺を見かねたのか、フィドが声をかけてくる。

「まだ見てないところがあるだろうが」

「……そうでしたね」

俺達《たち》はスタッフに許可をもらって実際にゴンドラに乗り込んでみた。今は停止されているため、一番下のゴンドラに乗り込む形になる。

ゴンドラはその名に相応《ふさわ》しく金ピカの装飾が施された宝箱型をしている。けれど外側だけでなく中も派手だった。

「やうぅ」

なんとも言えない及び腰な声がしたぞ、と思ったらそれはベルカの声だった。俺達の後からフィドと一緒に乗り込んできたらしい。

「フィド！　血だよ、血！」

ベルカの言った通り、床に生々しい血痕が残っている。

「仕事中は先生と呼べと教えたはずだが。ごめん、つい！　つくづく学習しない助手だ。それで？　調子はどうだ小僧。それとも貧血でぶっ倒れる寸前か？」

フィドがからかってくる。

「ご心配なく。血の類《たぐい》には割と慣れてるんだ。慣れたくなんてなかったけど」

そう返すと彼は笑った。フィドは犬だが、笑ったように見えたのだ。

「そういやそうだったな、不死身《イモータル》」

思いがけないタイミングで思いも寄らない言葉が飛び出したので、俺は思わず息を呑《の》んだ。

「……知ってるんですか。俺の……」

「体の秘密か？　どうかな。タツやから聞いちゃいるが、まだ実際に見てねえから半信半疑だ。不死身の特異体質なんてのはな」

なるほど――。

フィドは俺の体の秘密を聞かされている。ということは、紛《まぎ》れもなく彼は親父《おやじ》の旧友であり、優秀な探偵であるらしい。

「俺は不死身ってわけじゃないですよ。殺されれば死にます。ただ生き返るってだけです」

「だけ……ねえ」

俺、追月朔也《おうつきさくや》という生き物は、殺されても殺されても生き返る。

心肺が停止しても、体を焼かれても、首を切られても、多分体を真っ二つにされても。

死なない。不死身である――というのとは違う。根本的に異なっている。

ただ生き返ってしまうだけだ。

難儀なことだけれど、今となっては自分でもこの特異体質――と言うにはいささか常軌を逸しているとは思うけれど――を受け入れつつある。

このことを知っている人は多くない。俺と親父とリリテアと、他に何人か。

「わずかに開いていますね」

俺の思考を断ち切るようにリリテアがゴンドラの窓を指す。確かに窓は少しだけ、目測で十センチ程度開いていた。

上部を手前に引いて開けるタイプの窓だ。手をかけてみたけれどそれ以上は開かなかった。安全上の問題でこれが限界らしい。

「この幅じゃどんな小柄な人でも出入りはできないな」

あるいは驚異的に身軽な犯人が、観覧車の支柱や骨組みをアクロバティックに伝ってそれぞれのゴンドラに乗り移り、乗客を殺害して回ったのではと想像していたのだけれど、これじゃそもそも不可能だ。

稼働中の観覧車は、小さな無数の密室を運ぶ厄介な装置というわけだ。

俺はそのまま窓ガラス越しに周囲の風景を見渡した。建物の明かりが町の形を浮かび上がらせている。

そんな俺の様子を見てフィドが言う。

「被害者はどこか離れた建物から狙撃されたんじゃないか――とでも考えているのか？」

「ああ。もしかしてと思ったけど、でもそれも違うみたいだ。たとえどんなに凄腕《すごうで》のスナイパーがいたとしてもこの角度にしか開かない窓じゃ無理だ。直線が確保できない」

「窓ガラスやゴンドラ本体にも弾痕は見られません」

とリリテアが添える。

「うん。そもそも死者の中に銃弾で撃ち抜かれた人はいないはずだ。銃声を聞いた人もいない。確か最初に発見された遺体は背中をナイフで一突きされていたんだったよな」

「はい。そして犯人がそれをするには、やはりゴンドラに侵入する必要があります」

「だよな……」

犯人はどうやって出入りした？

本当に悪霊だとでも言うのか。

「えっと……それから二番目に発見された被害者の状態は……なんだっけ？」

ダメだ。それぞれのゴンドラの見分けがつかない上に被害者が多すぎる。

「頭がこんがらがってきたね」

ベルカも悩ましげに唸《うな》っている。

「よし、それならどのゴンドラで誰がどういう死に方をしていたか今のうちに照会しとこう。ボク、スタッフの人に聞いてみるよ！」

ベルカが張り切った様子でポケットからメモ帳を取り出す。

「ベルカ、いつも言ってるだろう。そういうのは警察にやらせとけ。そういうわけにいかないよ先生！　警察の到着が遅れている以上、この場に居合わせたボクがいち早く証拠を記録しておかないと！　張り切るのはいいが足元を見ろ。血を踏んでるぞ。あわっ！　早く言ってよ！」

やる気を見せる助手をフィドが諌《いさ》め、助手はそれに異を唱える。バディとして時にそういうこともあるだろう。けれど双方の発言がベルカの口のみで発せられるので、傍《はた》から見ていると落語や一人芝居でも見ているみたいだった。

ユリュー・デリンジャーの挨拶・3

「おーおー、出てくる出てくる」

ルチアノ・ファミリーは今時珍しいアナログ派だった。

ピオに案内させた金庫室には帳簿の記録がわんさかと保管されていた。

財界、大企業、医療法人――。世界各国の大物への送金記録その他諸々《もろもろ》。

世界の何処《どこ》からか流れてきた資金が、ルチアノ・ファミリーを介してまた世界のどこかへ流れていく。あるいはルチアノも大したことは知らされないまま役目を全うしているだけなのかもしれない。

下着の中に隠しておいた超小型カメラを取り出し、資料を記録していく。

名だたる企業、組織の中に無名の名前が多数。どれも事前に調べておいたダミー会社の名前と一致する。無名の会社には余りある大金が送金されている。

「あ、こっちは初めてみる名前。ヒャルタ重工？　知らないな。わ、すごい金額」

日付を見ると、リストに名前が載り始めたのはこの一年ほどの間のことのようだった。

「ま、いい。考えるのはあと」

いただくものをいただいて金庫室を出ると、廊下でピオが待っていた。ソワソワした様子でこちらに近づいてくる。

「もう、いいのか？」

「うん。オーケーオーケー。ありがとうね」

ピースサインを作って笑顔を向けると、ピオは少年のように顔を赤らめた。

まるで恋する男の子みたいに？

いや違う。今ピオは本気で私に恋をしている。

恋をさせたのだ。ついさっき、私がさせた。

「あの……このことはボスには」

「もちろん内緒。ね？」

恋を知ったピオは今や全面的に私の力になってくれている。

洗脳――というのとは違う。ただ私を好きになってしまって、よかれと思って協力を申し出てくれているだけだ。

さっきまでボスに忠誠を誓っていたのに、今は好きな相手の願いを叶《かな》えてやりたい一心で行動している。

彼は正気だ。ただし、恋は盲目だ。

「色々助かったわ。これも、持ってきてくれてありがとう」

私は自分のスマホを振りながら笑顔を向けた。

「それじゃ次はここから脱出する方法なんだけど、下の階は……流石《さすが》に見つかっちゃうか」

用事は済んだのだからこんな男臭い場所にいつまでもいられない。すぐに脱出を、と思ったのだけれど、不意にピオが私の腕を掴《つか》んだ。思い詰めた顔をしている。

「待て、その前に……約束してくれ！　その、ここから無事に逃げ出せたら俺と……所帯を……」

ああもう。イタリア男ってどうしてこうやたらと情熱的なんだろう。

プロポーズまでの段階が少なすぎる。

「それって、私をお嫁さんにしたいってこと？」

分からないフリをして首を傾《かし》げて問い返すと、ピオの顔がますます赤くなった。

「そ、そ、そうだ！」

「そっか……でも、それはもう少しお互いのことを知り合わないとね？」

この場を切り抜けるために口先の約束を交わすことはできる。でもそれってあまりに不誠実だ。私は結婚詐欺を働いて回りたいわけじゃないし。

「そ……それもそうだな」

ピオは目に見えて落胆している。

「とにかくここからキミを逃せばいいんだな。それならそこの階段から屋上へ上がるといい」

「屋上ね」

案内されて階段を上がりかけた時、下から怒声がした。

「おい！　何で外へ出てる！」

手すりから下を覗《のぞ》き込《こ》むと、ルチアノと何人かの部下が呆気《あっけ》に取られた顔でこっちを見上げていた。

「やば！」

私は急いで顔を引っ込めて階段を駆け上った。

屋上へのドアを開けると、古い町の夜景が視界いっぱいに広がった。一つ一つの灯火《ともしび》が入り組んだ水路をほのかに照らし出している。

心地いい潮風と満天の星々。

ひしめき合うレンガ造りの建物。

ここはヴェネツィア。水の都はこんな時に眺めても美しかった。

私が閉じ込められていた建物は四階建てで、屋上の高さは地上十メートル。

すぐにドアに鍵をかけて周囲に逃げ場がないか探る。

非常階段を見つけた。でも、すでに階段の下からけたたましい足音が上ってくるのがわかった。回り込まれてる。あそこはダメだ。

その時、私のスマホが呑気に震えた。

「あっ」

着信の相手の名前を見て思わず声が出た。正直、今はなかなかハードな状況だ。でも私は迷わず電話に出た。

「もしもーし！　師匠！　はい。今ですか？　大丈夫ですよー」

『なんだかそっちは騒がしいみたいだけど』

電話口から、近頃ではすっかり聞き慣れた追月朔也《おうつきさくや》の声。蹴破られようとしているドアを背に、師匠との会話を楽しむ。

「実はロケの合間で、この後アクションシーンの撮影なんです」

話しながら、屋上をぐるりと一回りする。

周りは古い建物ばかりだ。そして屋上の端から隣の建物までは比較的距離が近い。うん。これなら行ける。

「師匠——。言って。撮影、頑張れって言って」

『ああ……気が利かない男でごめん。オホン、撮影、頑張れ！』

「任せてください！」

電話を切った瞬間、ドアが蹴破られてそこからマフィア達《たち》がなだれ込んできた。ピオもいて、複雑そうな顔で私を見ている。裏切り行為はバレていないらしい。あくまで私が勝手に逃げ出したということで話を進めているんだろう。

まあいい。それでいい。

死んでもキミについて行くなんて言われた日には、そっちの方が困る。

「ユリュー！　やっぱり油断ならない女だ。最高だよ。だが逃げられるとでも？」

ルチアノが獰猛《どうもう》な目を向けてくる。

でも残念。こっちはとっくにハイヒールを脱ぎ捨てて準備を終えている。

「映画みたいな追いかけっこをしたかったのかな？　だがそんなことは……お、おい！　何する気だ！　そっちは……よせ！」

私は制止するルチアノの声を無視して駆け出した。

響く銃声。何発かの銃弾が私をかすめていった。

「撃つな！」とルチアノが部下に怒鳴る。

その間に私はウエディングドレスのまま屋上の端から跳んだ。

弧を描き、隣の建物の屋上に飛び移る。距離はギリギリだった。

「捕まえろ！　生かしたままだ！」

背後でルチアノの怒声が響く。

私は彼らに手を振り、そのまままさらに隣の建物へ飛び移った。

ところでこの後どうしよう。無垢《むく》な市民を装って警察にでも飛び込もうか。

いやダメだ。ルチアノは地元警察とも通じている。

考えていると、背後から銃声が聞こえてきて、すぐそばにあった鉢植えが粉々になった。

あーあ。誰かが屋上庭園で愛情込めて育てていた花だろうに。威嚇射撃にしても下手っぴだ。

マフィアの若い連中が建物伝いに私の後を追いかけてくる。このまま遮蔽物がない場所を突っ切るのは賢い選択とは言えない。

私は近くにあった非常階段を少し降りてから、真隣の建物の窓目掛けて跳んだ。

ガラスを突き破って転がり込んだそこは、個室じゃなくてパーティー用の広間みたいな場所だった。

どうも老舗の高級ホテルらしい。

床に敷き詰められた真っ赤なカーペットのおかげで私には怪我《けが》ひとつない。

広間には二十人前後の人がいて、それぞれ手にお酒や軽食を持っていた。彼らの目は残らず私に注がれていたし、静まり返ってもいた。

楽しく閑談しているところに、突然ウエディングドレス姿の女が窓をぶち破って転がり込んできたら誰だってそうなる。

私はすぐに立ち上がり、落ち着いてドレスの埃《ほこり》を払った。

「失礼。お騒がせしてしまって。すぐに出て行きます」

広間の扉を目指してツカツカ歩く。

あまりのんびりしているとすぐにあの連中がやってくる。

でも――その前に。

私は一人の婦人の前で立ち止まり、相手の目を見ながらこう伝えた。

「あなたの着てる服と靴と、車が欲しいんだけど」

一瞬の間のあと、その場にドッと笑いが起きた。

「お財布もくださいって言わないの？」

面倒だからはっ倒してしまおうかな。

そう考え、行動に移そうとした時だった。その声が聞こえてきたのは。

「こんなところで会うなんて奇遇ね。教会から逃げ出してでもしてきたの？　花嫁さん」

そいつは広間の中央に用意されたフカフカの椅子に陣取って、高級そうなケーキにフォークを突き刺しながら、微笑《ほほえ》んでいた。

「人がせっかくホテルを丸ごと貸し切ってささやかなお茶会を楽しんでいたのに、そんな埃っぽい格好で訪ねてくるなんて相変わらずいけ好かない女だこと」

「なんてこった《ファック・マイ・ライフ》。よりにもよってここでお前かよ。よりにもよって――大富豪怪盗《セレブリティ》」

「ヴェネツィアを満喫あそばしているみたいね。女帝《エンプレス》」

世界一虫唾《むしず》の走る女、シャルディナ・インフェリシャスがそこにいた。

「最高に楽しんでたよ。お前の顔を見るまではな。こんなところで有象無象のご友人を集めて呑気《のんき》に豪遊中か。脳味噌《のうみそ》の代わりに小銭が詰まってる女のやりそうなことだ」

こいつの顔を見かけてしまったからには、無視してこの場を去ることはできない。たとえ数十人のマフィアに追われている最中だとしても。

「靴も買えない人は口にする言葉も貧相ね」

シャルディナの近くには二人の女が控えている。

「お嬢様、お紅茶はいかがですか？」

「ありがとうカルミナ」

ナイフを髪飾りにした冷酷そうな女はカルミナ。シャルディナの右腕だ。銃火器の扱いに長《た》けていて、無駄に出っ張った胸と尻が目障り。でも私の方が大きい。

「お嬢、Kill《キ》っちまいましょう。よくわかんないけど今、Kill《キ》っちゃいましょうよ」

鮫《さめ》みたいに凶暴そうな見た目の方はアルトラ。シャルディナの左腕で、実際凶暴な奴《やつ》だ。

カルミナとは対照的に身長百八十センチ近くあるスレンダーな肉体を生かした近接戦闘
――という名の単純暴行が得意。

「ちょっとアルトラ。殺《や》るかどうかはシャルお嬢様がお心のままに決めんのよ。あんたが提案してんじゃない」

「ああ？　なんだカルミナ？　俺はお嬢に話しかけてんのにさ、何故《なぜ》か乳袋がしゃしゃり出てきたなあコラ！　マジで邪魔くせー。呪う～」

右腕と左腕がいきなり喧嘩《けんか》を始めた。

「じゃれないの。お茶の時間には罵り合いも血の匂いもサイテーよ」

シャルディナは慣れっこというように悠々と紅茶を飲み、唇を舐《な》める。

「ねえ女帝《エンプレス》。お互いつまらない塀の中から出てきたばかりなのだから、もう少し気持ちの余裕ってものを持って人生を楽しみましょうよ」

塀の中――つまりシャルディナは私達《たち》がお互いに収監されていた刑務所のことを言っている。

「言われるまでもなく謳歌《おうか》してるさ。今も――」

私がそう言ったのと同時に、シャルディナの持っていたティーカップがいきなり爆《は》ぜるように割れた。

発砲音。窓の外から銃弾が撃ち込まれたらしい。

私は手近のテーブルをひっくり返してすぐに身を隠した。

「もう追いつかれたか」

や、シャルの相手なんてしてないでさっさとここから逃げておけばよかったんだけどね。

窓の外を確認すると、隣の建物の屋上にマフィア連中の姿があった。

ルチアノ、撃つなって言ってなかったっけ？　お前のとこの部下はボスの言いつけ一つ守れないのか。

奴ら、今にもこっちの建物に乗り込んできそうだ。

そんななかなか緊迫した状況の中、いきなり素っ頓狂な声が響いた。

「お、お嬢様！」

カルミナの声だ。

青ざめた顔でシャルディナのことを心配している。つられてシャルディナの方を見て、私は思わず吹き出した。

カップが割れた拍子に飛び散った紅茶で、シャルディナの顔はびしょ濡《ぬ》れになっていた。

「カルミナ、アルトラ……」

シャルディナは懲役１４６６年そのものといった凶悪な表情で部下に命じた。

「交戦《エンゲージ》！」

「お心のままに」

「にはは！　来た来たあ！」

その一声が広間に響いた瞬間、カルミナとアルトラ――だけでなくその場の全員がどこからか銃火器を取り出して戦闘態勢を取った。

そう言えば最初の銃弾が撃ち込まれた時、誰一人として怯《おび》えず、悲鳴一つ上げていなかった。

「シャルのお茶会に無粋な鉛玉を放り込んでくれたお礼をして差し上げなさい！」

全員、訓練されている。

反撃の一斉掃射。

そして華やかなホテルの広間は硝煙漂う戦場になった。

一瞬にして窓ガラスは残らず割れ、レースのカーテンも穴だらけになる。

ティーパーティーの代わりに、今は道を一つ挟んで二つの建物の間でドンパチ騒ぎだ。

「呆《あき》れた。全員お前の私兵だったのか」

シャルは直属の護衛であるカルミナとアルトラの他に、少数精鋭の兵隊も飼《か》っているという話は耳にしたことがあったけれど、見るのは初めてだ。

確か部隊名はイージー・マネー。通称EM《エム》とかって呼ばれていたはず。

「フン。女帝《エンプレス》、あなたを分からせる前にシチリアから泳いできた失礼なネズミさん達《たち》を駆除しなきゃならなくなったわ。お茶会もお開き。サイテーよ」

頭の上を銃弾が飛び交い、割れたシャンパンの飛沫《しぶき》がシャワーみたいに降り注いでくる。

今日はハードな一日だ。

でも、シャルディナの不機嫌顔を見ていると気分が乗ってくる。

「いいぞもっとやれ！　せいぜい潰し合ってくれ。このアンポンタンども！　あひゃひゃひゃ」

三章　絶対に離さないでくださいね

ゴンドラから運び出されたあと、ひとまずの処置として、遺体は近くの職員の詰所の地下一階に安置されていた。

中へ通してもらうとブルーシートの上にずらりと遺体が並んでいた。

その数、総勢十六名。

もちろん上から毛布やシーツなどがかけられてはいたけれど、その数の死者を前にすると何か圧倒されるものがあった。

悪夢みたいな光景。ここは夢を与える遊園地に突如設《しつら》えられた地下墓所《カタコンベ》だ。

にもかかわらずリリテアは気丈な態度で遺体のそばへ歩み寄り、膝を折る。

俺もそれに倣った。

手袋をはめ手を合わせてからシーツをめくり、一人目の遺体を検《あらた》める。

パーカーにスウェット姿。背中の中央やや左の箇所にナイフが深々と突き刺さっている。

「馬乗りになって背後から刺された？」

惨劇の瞬間を想像してみる。狭いゴンドラの中では逃げ回ることもできなかっただろう。

顔を覗《のぞ》き込《こ》むと被害者はまだ若い男の子だった。念のために首の脈を取ってみたがすでに停止していた。瞳孔も開いている。

遺体の脇には私物と思われる黄色いラインの入った黒いリュックが置かれていた。

「……あれ？　この人……」

それを見た瞬間、俺の中の記憶が刺激された。

「朔也《さくや》様、何か気になる点でもありましたか？」

「気になるっていうか、このリュックのデザインで今思い出したんだけど、俺、見覚えある……この人のこと。水島園《みずしまえん》にくるときに電車の中で見た」

扉に寄りかかって居眠りをしていた人だ。電車に乗客が少なかったのでギリギリ記憶の隅に残っていた。

まさかあの時の彼とこんな形で再会することになろうとは。

「まあ、だからなんだって話なんだけど」と話を切り上げ、リュックに手を伸ばす。

中には財布、定期入れ、折り畳み傘、黒いキャップ。それから紺色のスポーツタオル。

色のせいですぐには分からなかったけれど、相当量の血を吸っている。

「刺されて、咄嗟《とっさ》に出血をタオルで抑えようとしたのかな？」

学生証も出てきた。

「磯川《いそかわ》商業高校情報処理科、二年生、真柴卓《ましばたく》。俺と同い年か……」

不意に痛ましい気持ちが迫《せ》り上《あ》がってくる。それを押し込めて考えをまとめる。

「磯川商って言えば、ここから割と離れたところにある高校だ。わざわざ水島園まで来たのか。それも一人で？」

ピピ——

その時、その場に似つかわしくない電子音が鳴った。なんだろうと思ったら、真柴卓《ましばたく》がはめていた腕時計の音だった。午後七時ぴったりを知らせてくれたらしい。

今頃ネットで事件の噂《うわさ》が広まってるだろうな。再出発したばかりの水島園《みずしまえん》、大丈夫だろうか。

「……ん？」

ふと、彼のつけている腕時計の下に何かが見えたような気がした。

あれは——。

「朔也《さくや》様」

そこでいきなり脇腹を突《つ》かれて俺の注意はすっかり外れてしまった。

「な、なんだよリリテア！」

「リュックサックのサイドポケットにこのようなものが。これはなんでしょう？」

彼女が取り出したのは携帯ゲーム機のソフトだった。

「ああ、懐かしいなそれ。俺も小学校の頃ハマってたなあ」

というか、今でもたまに懐かしくなって押し入れから引っ張り出してプレイすることがある。彼もその口なんだろう。

「真柴くん、彼もゲーマーだったのかな。でも……あれ？　本体は入ってなかった？　ゲーム機の方」

「はい。それだけです」

「ふーん……」

若干腑《ふ》に落ちない部分はあったものの、見るものは見た。荷物を元に戻し、遺体にシーツをかける。それからもう一度手を合わせておいた。

次の遺体は中年の男性だった。口元がひどく汚れている。死んでいるのだから当然と言えば当然だったけれど、顔色もひどいものだった。

「同じ指輪をしています」

先にもう一つ隣の遺体を調べていたリリテアがそう言った。そっちには同じく四十代くらいの女性が寝かされていた。

「なるほど、この二人は夫婦か」

「遺体の様子から見るに、このご夫婦は毒によって死に至らしめられたようです」

毒の種類の特定は流石《さすが》にここでは難しかった。その点はおとなしく警察の鑑識に任せるしかない。

「目立った外傷はないな。となるとやっぱり服毒か」

毒殺ならわざわざ回っている観覧車に侵入なんてしなくても、対象者に事前に飲ませておけばいい。

「その毒がたまたま観覧車に乗っているタイミングで効いてきて、死亡した？」

「服毒以外の可能性もありそうです。これをご覧ください」

見るとリリテアが夫妻の服の袖を捲《めく》って見せている。すると両者の肘の内側に新しい注射痕が見られた。

「これってつまり……犯人が毒を血管に注入した？　いや、それは難しくないか？　被害者は当然抵抗するだろうし」

「睡眠薬やアルコールで眠らせるなどしておけば可能です。トレチェスに乗り込む前にいくらでも犯行の準備ができたのだとすれば」

「なるほど。そういう可能性も――」

「ですがわざわざそこまでして注射をするくらいなら、睡眠薬を盛る代わりに毒薬を飲ませればよいので、この推理にさしたる意味はございませんね」

「……梯子《はしご》外すの早くない？」

「なんのことでしょう？」

「おい、何をわちゃわちゃやってる。こっちも見てみろ」

割って入るように声をかけてきたのはフィドだった。彼は俺達《たち》とは全く反対側から順番に遺体を調べている。

そちらへ行くとフィドは鼻先で一人の被害者の首元を示した。

喉元に痛ましい刺し傷が残っている。どす黒く汚れた服が、激しい出血の様子を物語っていた。

「喉を一突きか。傷口の大きさから言ってナイフ……いや、包丁かな？　あっちの高校生の背中にはアーミーナイフが刺さったままになってたけど、こっちは現場に凶器は残ってなかったのかな？」

「早まんじゃねえ。誰もそんな講釈を聞きたくて呼びつけたわけじゃねえ。見るのは首元に違いねえが、注目すんのはその横だよ」

「横？」

一瞬フィドの意図が分からず、困惑した。けれど次第に俺の目は遺体に残されたもう一つのサインにピントが合った。

「首に……痣《あざ》が」

「そうだ。ほとんど消えかけちゃいるが、何か紐状《ひもじょう》のもので首を絞めたような跡がついてる」

「「この人は絞殺された？」」

と、俺とベルカの感想が完全にユニゾンした。フィドは「お前ら揃《そろ》ってマヌケか」と吠《ほ》えた。

「消えかけてると言ったろう。これは今日できた跡じゃない。少なくとも数日は経《た》ってる。だいたいこれは誰かに絞められてできたもんじゃないな」

首吊《くびつ》り自殺と絞殺では被害者の首に残る索状痕が違ったものになる。彼はそのことを言っている。

「つまりこれは首吊《くびつ》り自殺……の未遂か」

「被害者がハードな夜の趣味にでもハマってない限り、そうだろうな。……って先生！　またそんな死者をぼーとくするような下品なこと言って！」

前半はフィド、後半はベルカの言葉だ。一人芝居にしか見えないベルカの口調の切り替わりにもそろそろ慣れてきた。

「でもそれじゃ先生、この首の縄の跡は死因とは関係ないんですね？　だったら何がそんなに気になるんですか？　ごめんねサクヤ。先生ってこの通り時々回りくどいところがあるんだ。真実の周りをウロウログルグル。これも一つの探偵の性《サガ》なのかもしれないけど……痛い！　先生、前足で太腿《ふともも》を引《ひ》っ掻《か》かないでよ！」

にわかに喧嘩《けんか》を始める英国の探偵と助手だった。傍目《はため》には飼い犬と戯《じゃ》れ合っているようにしか見えない。

「死因がどうたらは今関係ないんだよ。そら、こっちの遺体も見てみろ」

フィドはすぐ隣の別の遺体の前へ俺達《たち》を誘う。すでにシーツは捲《めく》られている。

「こっちは最初に調べた死体だ。どうだ、何が気になるところはないか？」

そう言われて顔を近づけてみる。

外傷はない。この人も毒によって死に至ったのだろう。

「気になるところ……気になるところ……あ！」

その発見に思わず手が伸びる。俺は被害者の左手を取り、みんなにも見えるように手首の内側を晒した。

そこには細かな切り傷がついていた。古傷もあれば、その上から付けられたような新たな傷もある。

犯人と争った時についた傷ではなさそうだ。となると――。

「リストカットのためらい傷か」

「ああ。で、そっちの被害者は首吊り自殺未遂だったな」

一瞬、時が止まったように場が静まり返った。遠くでパトカーのサイレンが響いている。

「それってつまり……あっ！」

俺は慌てて最初に検《あらた》めた真柴卓《ましばたく》の遺体に駆け寄った。彼の左手首には腕時計がはめられている。床に膝をつき、それをもどかしい気持ちでずらす。

その下から出てきたのは、他の被害者についていたのと同じようなリストカットの傷痕だった。

「真柴卓……。彼も自殺志願者……なのか？」

俺は改めて真柴卓の残したリュックに手を伸ばした。サイドポケットからゲームソフトが出てくる。

思えば、リュックの中に本体が入っていないのに、ゲームのソフトだけが入っていたことも手がかりの一つだったんだ。

きっと普段は学校なんかに行く時も、ソフトと一緒にゲーム機本体もリュックに入れて持ち歩いていたに違いない。でも今日は家に置いてきた。

なぜならここへ来るまでの間、彼はとてもゲームなんてする気分ではなかったからだ。

そして、自分が帰り道にゲームをすることももうないとわかっていたからだ。

今日自ら命を絶つと決めていたからだ。

けれどリュックのサイドポケットには入れっぱなしになっていた小さなソフトだけが残っていた。

「やれやれ。こりゃそういうつもりで他の遺体も調べてみる必要がありそうだな」

俺達《たち》は改めてその場の全ての遺体を手分けして調べて行った。フィドの言うところの、そういうつもりで。

その結果、全十六名の被害者のうち、八名から自殺のためらい傷が見つかった。

「半分の人が自殺願望を持った人だったってことか……？」

突如浮かび上がった被害者の共通点に、俺は探偵としての喜びよりも寒気を先に覚えた。

「これは偶然とは思えないな」

「いいえ朔也《さくや》様。半分ではありません」

リリテアが俺の言葉を否定する。彼女は二番目に調べた夫妻の前に立っている。

「こちらのご夫妻の腕に残っていた注射痕。あるいは薬物使用の痕跡かもしれません」

「薬物……」

確かに、犯人に無理矢理《むりやり》毒を注射されたと考えるより遥《はる》かに筋が通る。

「よほど忘れてしまいたい辛《つら》い現実があったのかもしれませんが、このご夫妻、何か人生に絶望するような苦境に立たされていたのではないでしょうか」

「これはこれは。悪趣味な地図が浮かび上がってきたもんだな。全部で十人か。だが手首の傷みたいに分かりやすいサインが出ているのがたまたま十人だったってだけで、他の犠牲者も漏れなく慢性的に自殺衝動を抱えていたのかもしれん」

フィドが牙を剥《む》くような鋭い表情で俺を見る。

「そうか。そういうことか……」

俺はその視線を受けて立つように立ち上がった。

「事件現場は到底犯人が出入りできそうにない観覧車のゴンドラの中。それも一つや二つじゃなく、十五もの密室のゴンドラだ。そんな場所でわずか十分の間に十六人も殺して回れるような犯人なんていやしない。こんな不可能が成立するとしたらそれは——被・害・者・同・士・が・示・し・合・わ・せ・て・集・団・自・殺・を・行・う・以・外・に・な・い」

「まあ、そういうこったろうな。となると気になるのは……」

「病院の通院歴を調べてみる必要がありそうだ。そこから何か見えてくるかも」

「まあそれももっともだがな小僧、俺が気にしてんのはもっと別のことだよ」

フィドは虚空の何かを嗅ぐように鼻を動かす。事件全体に漂う何らかのニオイを嗅ぎ分けようとするみたいに。

やがて獲物を狙うような鋭い表情を浮かべると、ベルカに向けてひと吠《ほ》えしてみせた。

「ちょいとやることができたんで一旦抜ける。ベルカ、行くぞ。もうじきノロマなポリスも来るだろう。奴《やつ》らに調べさせる。少しは働いてもらわんとな。——あ！　待ってよ先生！」

そう言うとフィドは助手を連れてさっさと部屋を出て行ってしまった。

「ですが朔也《さくや》様」

リリテアはわずかに瞳を揺らめかせている。

「自殺だとするならそちらの被害者、真柴卓《ましばたく》さんの死因についてはどう説明しますか？」

目前の謎に夢中とでもいうみたいに、リリテアは続ける。

「彼は背中をナイフで刺されています。自ら刺そうにも到底届かない位置を。仮に第三者に手伝ってもらうにしても密室のゴンドラの中では」

不可能だろう。

それは至極もっともな疑問だったけれど、方法についての見当はすでについていた。電車で見かけた人物と真柴卓が繋《つな》がった今となっては。

「何もトレチェスに乗り込んでから自分を刺す必要なんてないし、人に手伝ってもらう必要もないんだよ。彼、真柴くんは水島園《みずしまえん》駅行きの電車の中ですでに自殺の準備を整えていたんだ」

「どういうことでしょうか？」

リリテアは人形みたいに首を傾《かし》げる。リリテアはあの電車で真柴卓の姿を見ていないのだから、俺と同じ考えに至らないのも無理はない。

「彼はあの時電車のドアに背中を預ける形で寄りかかっていた。今思えば妙だったんだ。電車はガラガラで好きなところに座れるのに、走行中わざわざドアの前に立ってるなんて。でもそれには理由があったんだ。そうしなきゃならない理由が」

俺の発した声は死者の眠る部屋の壁や天井に染み込んでいく。

「リリテアはこんな場面を見たことない？　ほら、発射直前の電車にギリギリ駆け込んだ人がドアにバッグの紐《ひも》やコートの裾なんかを挟まれて、そのまま電車が発車してしまう、みたいな。あれ、ドアの閉まる圧力がすごくて一度挟まれるとちょっとやそっとじゃ抜けないらしいね」

「……まさか、朔也様」

リリテアもピンときたらしい。

「真柴卓、彼はドアを利用したんだよ。電車のドアが閉まる直前にリュックの中に隠していたナイフをリュックごと故意にドアに挟ませたんだ。刃先を自分の方に向けてね。そうすることでナイフをドアに固定した。あとはリュックを背負うふりをしてドアから飛び出た刃先へ全体重を預けるだけ。そうすれば刃先がリュックを貫通して背中に突き刺さる」

あの時、俺の目には彼がうとうとと立ったまま居眠りをしているように見えていた。でも実際はそうじゃなかった。

うとうとしていたんじゃない。苦しんでいたんだ。痛くて堪《たま》らなくて、フラフラしていたんだ。

あの時彼の背中にはすでにナイフが刺さっていて、出血も始まっていた。それを持参のタオルで拭いながら痛みに耐えていたんだ。

「夕方の事件発生の時まで意識を保っていたということは、あらかじめ致命傷にならないような箇所や傷の深さを調べた上で偽装を実行したんだろう」

「そして背中に刺さったナイフをリュックサックを背負うことで隠し、その状態でトレチエスに乗り込んだ——」

「そう。観覧車のゴンドラの中に落ち着くと、彼はリュックだけを肩から下ろした。そして背中に刺さったナイフをゴンドラの椅子か、あるいは壁に強く押し当てた」

「そしてナイフは致命傷の深さに達した、ということですね」

俺達《たち》は互いにボールを投げ合うように言葉を繋《つな》ぐ。

「ほら」と俺は改めてリュックを掲げて見せた。

「そのつもりでよく見てみると、背中に密着する部分に小さな切れ目が入っていて、穴が空いてる」

ナイフの刃が通った跡だ。

「しかし……ではなぜ彼はそこまでして自殺を他殺に見せかけたかったのでしょう?」

「それはまだ分からないけど……でも多分、他殺のように思わせたかったのは真柴《ましば》くんだけじゃなかったと思う」

毒殺と思われた犠牲者は自ら別の場所であらかじめ服毒してからトレチェスに乗り込んでいたのだとしても、刃物による外傷が残っている犠牲者も多くいる。

外傷はあるのに現場に凶器が一つも残されていない。それはなぜか」

「……彼らが自分で凶器を隠蔽したから？」

「そうすることで自殺じゃなく、恐ろしい惨殺事件が起きたように思わせたかったんだ」

決して恐ろしい殺人鬼が、ゴンドラという密室から凶器と共に姿を消したわけじゃない。

「真柴卓《たく》は自殺方法を偽装した。その他の人達は凶器を隠蔽した。そうして大なり小なり、手の込みようの差はあっても、みんなそれぞれ自殺を他殺のように見せかけようとしていたことは一致してる」

背中に刺さったナイフをそのままにしておいたり、毒を飲んで自殺を図ったりした人もいたわけだし、死に方や偽装方法は思い思いの考えでやったと考えるのが自然だ。

「この惨劇に犯人というものがいるとすれば、それは自殺した人達自身、ということですね」

「皮肉なことにね。で、その肝心の消えた凶器なんだけど……もしかすると」

「あっ」

言いかけた矢先、リリテアが子供っぽい声を上げた。僅かに顔を紅潮させている。それは推理の点と点が繋がった瞬間に見せる高揚の表情だった。

「わかった。ゴンドラの窓の下、でしょう？」

「うん、俺もそうなんじゃないかと思ったんだ」

「やっぱり！」

リリテアが胸の前でパンと両手を鳴らす。

それから遅れること三秒。我に返ったリリテアは罰が悪そうに手を下ろし、見たわねと
でも言うようにジトっと俺を睨《にら》みつけた。睨まないで。

「トレチェスの下は一部が園の隣を流れる川に迫《せ》り出《だ》してる。きっと自殺した人達《たち》はそこから川へ凶器を捨てたんだ。だけど……一つ気になるのは、致命傷になるほどの傷を負った後で凶器を川に捨てる余裕なんて果たしてあったのかってところなんだけど」

死んだ後ではなんの隠蔽工作もできない。

「それも含めて、とにかく今は確かめに参りましょう」

リリテアは取り澄ました表情でスタスタと休憩所の出入り口へ向かう。

謎解きの快感に一瞬でも身を委ねてしまった己を恥じているようだった。

□

さて、俺とリリテアが確かめに向かった先はどこかというと、それは水島園《みずしまえん》のすぐ隣を流れる川だ。

一旦園を出てからぐるりと外周を回って観覧車の真下あたりを目指す。

「このへんかな？」

　俺とリリテアは大体の見当をつけると、歩道に設置された手すりを乗り越えて川沿いギリギリまで近づいた。

　落ちないように気をつけながら身を乗り出すと同時に、隣からリリテアがパッと懐中電灯をつけてくれた。園を出る時にスタッフから借りたものだ。

「リリテア、何か残ってそう？」

「どうでしょうか。時間が経《た》っていますし、すでに川底に沈んでしまっている可能性もあります。そうでなければ川下へ流されたか……あ。でも何か……今一瞬反射して光りました」

　あの辺りですと言われて覗《のぞ》き込《こ》んでみると、岸の近く、水面からチョロチョロと顔を出した水草の一群の中に確かに何かが引っかかっていた。

　俺はリリテアの左手をしっかり握り、川へ身を乗り出す彼女を支えた。

「頼みましたからね、朔也《さくや》様。絶対に離さないでくださいね」

「当たり前だろ。だーれに言ってんだか」

　リリテアは水草に引っかかっている何かを拾い上げようと懸命に右手を伸ばす。

「朔也様……もっと前です。そう、もっと……違……そうじゃなくて……朔也様……ねえ、朔也、ちゃんとして」

　リリテアに叱られながらの共同作業だ。

「取れました！　朔也《さくや》様、これは……あ！」

まあ、言わずもがなというか、そこで二人揃《そろ》って落ちた。川に。

川の深さは俺の胸くらいで、溺れる心配はなさそうだった。

岸に上がるのももどかしく、俺達《たち》はその場で見つけたものを調べた。

発見したのはどこにでも売っている文化包丁だった。

川によって洗い流されてしまったのか、刃に血液の付着は見られなかったけれど、木製の柄にはうっすら血糊《ちのり》が見て取れた。自殺者が強く握っていた跡かもしれない。

鑑識がしっかりと調べればそこから血液反応や指紋が検出されるだろう。

「なるほど、どういうカラクリかと思ったらそういうことか」

柄と刃の境目の部分にビニール紐《ひも》が結び付けられている。そして紐の先には拳大の石がくくりつけられていた。

その場から上を見ると、ちょうど真上に迫り出《せだ》したゴンドラがいくつか連なって見えた。

「うん。位置的にもピッタリだ」

紐と石。これが死後に凶器を隠蔽できたカラクリだ。

「自殺した人達は、あの地点でゴンドラの窓からこの川に凶器を落としたんだ」

「窓の隙間から紐にくくりつけた重りの部分を外へ垂らしたのですね」

「ああ。その上で包丁を使って例えば喉を一突きする。自殺者が死の間際に凶器を手放すと、自然に重りが落下する。当然、反対側にくくりつけられた包丁も一緒に川へ落ちる。

そしてゴンドラから凶器が消え、自殺者は息絶える」

わかってみれば単純な仕掛けだ。別に真新しくも革命的でもない。古典的と言っていい。あるいは他の来園客に凶器が落下する瞬間を見られてしまう可能性もあっただろうけれど、事件発生時はすでに日没後だった。その心配もなかったんだろう。

もっと大人数で川を捜索すれば他の凶器も見つかるかもしれない。

川から上がり、息をつく。

「うー、体が冷えた……。でもこれではっきりした。この事件は集団偽装自殺だ。それはもう疑いようがない」

リリテアは濡《ぬ》れた靴と靴下を脱ぎ、スカートの裾をせっせと絞っている。

落ちていく雫《しずく》を見つめながら、ふとリリテアが言う。

「ですがそうなると、ますます彼らがここまでしたその動機が分かりません」

□

再び園内に入場してトレチェスの下まで戻ると、そこにはもう大勢の警察官が集まっていた。その中心にいるのは探偵フィドと助手のベルカだ。

「よう濡れネズミ。その手土産を見るに、成果は上々だったらしいな」

やってきた俺とリリテアを見てフィドが冗談まじりに言う。

　ハクチ――と隣で音がした。

「くしゃんじゃった」とリリテアが恥ずかしそうにつぶやく。

　そこへ警官の一人がやってくる。

「今は封鎖中だ。子供はもう帰りなさい」

　職務に忠実な人だ。彼は何も間違ってない。

　けれどそんな警官にフィドが「そいつはいいんだ」と言ってくれた。すでに身分を明かした後なのか、それとも明かすまでもなく、探偵フィドの実力と功績が警察内で知れ渡っているからなのか、彼の言葉でその場の警官は皆納得したようだった。

　鶴の一声ならぬ、犬の一吠《ほ》えだ。

　なかなかいい例えだ、なんて考えていると、背後から不機嫌そうな声がした。

「オイオイオイ、なんでまたお前がここにいるんだ」

　振り返ると、そこには我らが売れない刑事、漫呂木《そぞろぎ》薫太《かおるた》が立っていた。

　どうやら今日は非番ではないらしい。

「漫呂木さんも来てたんですか。奇遇ですね。今日は一人で遊園地に？」

　でもあえて勘違いしてみる。

「仕事だよ！　見りゃ分かるだろ！」

「その割には遅れて登場したみたいだけど」

「黙れ。園内で大変な事件が起きたっていうから来てみれば……。ったく、なんで毎度毎度ヤバい事件の現場にはお前がいるんだ」

「ところが今回、探偵は俺だけじゃないですよ」

そう前置きしてから俺は隣に立つフィドのことを漫呂木に紹介した。

「わかってるよ。フィドさん、先ほど突然お電話いただいた時には驚きましたよ。いつ日本へ？」

「あ、やっぱりフィドのこと知ってるの？　って、え？　フィド、漫呂木さんに電話しに行ってたの？」

「知ってるもなにも。断也《たつや》の盟友だよ。お久しぶりです。ちっともお変わりなく」

漫呂木はいやに丁寧な態度でフィドに近づいていく。こんな漫呂木は初めて見る。俺に対する態度とは偉い違いだ。

「相変わらず毛並みも若々しい。これはブラッシングの腕がいいんだな。うん」

「それに関してはボクの功績であることをここに宣言しておきます」

ベルカが胸を張る。

「ベルカちゃんも元気そうだな。相変わらず素っ頓狂な推理を組み立ててフィドさんを困らせてるのか？」

「カオルタくん、そういう言い方は誤解を招くからやめて！　こないだの事件なんて結構いい線いってたんだよ！　結果的に全然違う人が犯人だっただけで」

「そうかいそうかい」

「信じてないね？　だったらこの事件でもボクが……お前はちょっと黙ってろベルカ。それでだ、役者もそろったところで、そろそろ締めといこうかね」

重ねて抗議をしかけたベルカの口を容赦なくジャックしてフィドが皆に語りかけた。

「ようやく現場に駆けつけてくれた日本警察の諸君には申し訳ないが、すでに俺達《たち》の方で大方この事件の全容は掴《つか》んでおいた。後は犯人の逮捕くらいのもんだが、それはあんたらの仕事だな。てなわけでまずは情報を共有しとこうか」

一同の意識をしっかりと集めた後で、フィドは簡潔に事件の経緯を説明した。

「死傷者は十七名。最初こそ一体どこの誰が回ってる観覧車の中にいる人間を皆殺しにするなんて酔狂なことをやりやがったのか不思議でならなかったが、調べを進めるうちにこれが殺人事件じゃなく、集団自殺らしいとわかってきた」

警官達が小さくどよめく。それに構わずフィドは自殺だと思われる論拠を述べていった。

「自殺なんて一目見れば分かるだろうって？　ところが自殺者達は誰も彼もがご丁寧に他殺に見せかけるように偽装してやがった。だよな？」

突然俺に振らないで欲しい。抗議の視線を送ったけれど、フィドはもう面倒臭そうに後ろ足で耳の裏を掻《か》いている。

「オホン……。そうです。現場に凶器もなく、中には明らかに他殺と思われる遺体もあって、それで当初みんな混乱したんです。でも、さっきすぐそこの川からこれを見つけてきました」

俺は見つけてきた例の包丁を漫呂木《そぞろぎ》に見せた。フィドの言うところの手土産だ。

「自殺者のうちの一人が使用したと思われる包丁です。多分指紋も残ってる。結びつけられてる紐《ひも》と石は偽装のための工作です」

包丁を近くの警官に手渡すと、続けて俺は凶器の隠蔽工作についても補足しておいた。

それについてはフィドも「まあそんなとこだろうな」と同意してくれた。

「なんだ……つまりこういうことですか？　この事件に犯人なんていないと？」

漫呂木はどこか拍子抜けしたような様子だ。

「さてね。ところでカオルタ、さっき頼んだことは調べてくれたか？」

「ええ、何が何だか分かりませんでしたけど、部下達に調べさせましたよ」

「なんの話ですか？」

「あのな小僧、お前が助手のお嬢ちゃんと水浴びを楽しんでいる間、こっちはこっちでせっせと働いてたんだぜ。そりゃ勤勉さにおいては日本人には多少劣るかもしれんがね」

フィドが雄弁にボヤいている間に、漫呂木は手帳を取り出して開く。

「ええっとですね、被害者……じゃなく自殺者ということになるのか、彼らのほとんどが何かしら身元のわかるものを所持していたので身元特定はあっという間でした。フィドさんに言われた通りそれを元に、それぞれの人物の口座を洗わせました。で、いくつか報告が上がってきたんですが、今のところ調査を終えた全ての口座に百万単位の金が振り込まれていました」

「ええ!? 何それ? 死んだ人にお金が振り込まれてたの? 変なのー!」

ベルカでなくてもその情報には俺も驚きを隠せなかった。

「大金……ですね」

俺には縁遠い金額だ。

「ああ。日付は全てここ半月のことだ。他も遅れて報告が上がってくると思うが、おそらく例外はないだろう」

集団自殺が行われ、その裏で彼らにお金を払った人物がいる。

俺はその事実が指し示すところについて深く考えてみた。

「彼らを焚《た》き付《つ》け、お金でコントロールした人物がいるんですね?」

「そういうことだな。誰かが絵を描いた。その誰かは、複数の自殺者を横並びで動かす方法は何かと考えた時、一番手っ取り早いのは金だと考えたんだろう。実際その効能は時に神の説法よりもよく効く」

フィドは犯人の思考を読み、そしてその読みは当たっていたというわけだ。

「振り込み人の名義は……」

「偽名だろう」

言うまでもないことだとフィドが漫呂木《そぞろぎ》の言葉を遮る。

「ええ。ジロキチ——だそうです」

江戸時代にいた盗賊、鼠《ねずみ》小僧の本名だ。貧しい人に盗んだ金品を分け与えたことで有名だ。

「確か、本職が別にあって、盗賊は副業のようなものだったと本で読んだことがあります。真偽の程は定かではありませんが」

　リリテアがここぞとばかりに知識を披露する。

「義賊を気取っていやがるのか知らんが、ずいぶん羽振りのいいやつがいるもんだな。いや、よすぎる」

　フィドの言う通りだ。ただでさえ大金なのに、それを十数人に振り込んだと考えると大変な額になる。

「しかも、そうまでしてやらせたことが観覧車で集団自殺だなんて。ボク、理解できないよ。おかげでこの観覧車がすっかり自殺スポットになっちゃったじゃないか」

　ベルカは義憤に燃えている。

「これから振り込み元についても調べてみるつもりですが」

「そんなところから尻尾を掴《つか》ませるようなネズミとは思えないがな」

「ネズミ……か。こんなことを計画するなんて一体どんな変人なんだか。今頃どこかで笑っているのかもしれないな」

「あの」

　毒づく漫呂木に対し、ベルカが手を上げる。

「その首謀者についてなんだけど、事件発生の時に一緒に観覧車に乗ってたってことは考えられないかな？」

「……現場にいたと？」

「うん。犯人からしてみればだよ、繋《つな》がりのない大勢の人が計画通りにゴンドラの中で自殺してくれるかどうか、絶対不安があったはずなんだ。だからきっとどこからか現場を見ていたと思うんだよ。だとしたらその特等席は同じ観覧車なんじゃないかと思ったんだけど」

なるほど。それは確かにありそうなことだ。

「そう言えばスタッフの一人から聞きました。事件が起きた後の大変な中、運び出した犠牲者の数が一人減っていたような気がするって」

ベルカの発言を受けて俺も一つ情報を提示する。

「もしかしてその人物が犯人で、被害者を装って現場を立ち去ったのかも——とも思ったんですけど」

けれどこちらの考えはすぐさまフィドによって否定されてしまう。

「それはないな」

「どうして？」

「さっき俺は言ったぜ。犠牲者は十七名だってな」

「十七……」

そういえば言っていたかもしれない。十六名だと聞いていたし、確認もしたから言い間違いかと思っていたけれど、そうじゃなかったのか。

「追加で一人増えたんだよ。ついさっきな。そうだろう？」

フィドはチラリと漫呂木《そぞろぎ》を見る。それを受けて漫呂木がうなずく。

「現場へ来る途中、入退場ゲート脇の生垣に人集《ひとだか》りができてたんだ。それで何かと思って駆けつけてみたら、男性が一名倒れていた。残念ながらその時すでに心肺は停止していた。詳しい死因はこれから鑑識に回すことになってるが、俺の見立てでは毒物だな」

「もう、死んでいた……」

「ああ、つまりその男性も自殺者の一人だったというわけだ。今、観覧車の担当スタッフに被害者の顔を確認してもらっていたところだが、客として見覚えのある服装と顔だったそうだ」

「じゃあその人は……」

「おそらく他の人間と同じように自殺を決行したんだろうぜ。だがその場では死に損ねて、あの死体部屋で目覚めた」

再び話を引き取ってフィドが語る。

「さぞかしブルったろうな。起きてみりゃ周りは死屍《しし》累々、スタッフはパニック状態。大騒ぎだ。さあ、大変なことになっちまったぞ。それで慌ててその場から逃げ出したとしても、なんの不思議もない」

男性は咄嗟《とっさ》に誰にも告げず、その場からひっそりと姿を消し、水島園《みずしまえん》から立ち去ろうとした。全てなかったことにしようとした。一歩手前で息絶えてしまった。

「でも、結局外には出られず、一歩手前で息絶えてしまった……」

「かくして死者のカウントは、アーメン——一つ増えちまったってわけだ。気が滅入《めい》るね」

そう言うとフィドは一つ欠伸《あくび》をしてペタンと座り込んでしまった。

「あれ？　先生？　ちょっと！　あーあ、先生の集中力が切れちゃった。ちょっと、ダメだよそんな態度。もう少しじゃないか。終わったらブラッシングしたげるから頑張って。え？　あとはボクがやれ？　もー勝手だなあ」

フィドとベルカは何やら揉《も》めていたが、結局助手の方が折れた。

「えっと……ご覧の通り先生はやる気をなくしちゃったので、ここから助手のボクが責任をもって場を引き継ぎます！　で、次は自殺した人達《たち》の通院歴についてだよ」

「ああ、そっちもフィドさんから頼まれて調べておいた。で、どうだった？」

漫呂木《そぞろぎ》が問いかけると部下の一人が駆け寄ってきて報告を始めた。

漫呂木は報告を聞き終えると、明るいとも力強いとも言えない複雑な表情で言った。

「自殺者は皆、過去に通院歴があったそうだ。自傷行為や不眠症、うつ病、薬の過剰摂取、エトセトラ——」

「……やっぱりそうですか。でも調べるにしてもずいぶん仕事が早かったですね」

「ああ、その点は俺も驚いてる。なんせ全員が同じ病院——それも目と鼻の先にある、あの病院に通ってたんだからな」

「え⁉」

漫呂木の返答にベルカが声を上げて驚く。

「同じ病院？　全員が？」

全員の視線が園の向こうに見える建物に注がれる。闇夜にぼんやり浮かび上がる遠枡《とおます》総合病院だ。

土地勘のないベルカだけが取り残されたようにポカンとしている。

遠枡総合病院。そうか――。となると、つまりそう・・・・・なのか。

「その病院ってあそこに見えてる建物なの？　へー！　すごい偶然もあるもんだね！」

ベルカは素直に感心している。

「でも、近くに病院があったおかげで怪我《けが》をした人達もすぐに運び込めたし、その点はよかったね」

「うん。本当に、犯人にとって都合がよかったのか悪かったのかってところだな」

「え？　サクヤ、それってどーゆー意味？」

「犯人はあの病院にいるってことだよ」

俺とベルカの会話からワンテンポ遅れて漫呂木が声を上げた。

「犯人は医者か！」

被害者も犯人も、全てがあの病院に揃《そろ》っていたんだ。

□

漫呂木《そぞろぎ》を伴って再び病院に着いた頃には、もう犯人の目星はついていた。

受付で居場所を尋ねてもよかったけれど、それで逃げ出されちゃ面倒だ。というわけで直接院内を歩いて探すことにした。

その途中、俺はトイレから出てきた白衣の人物に目をつけた。手を振りながら声をかける。

「先生」

「うん？　ああ、ちょっと待ってね。メガネがないとよく見えなくて」

彼はハンカチで愛用の黒縁メガネのレンズを拭きながら笑った。俺の足を診てくれた藁《わら》宇治《うじ》先生だ。

「えっと……次の患者さん？」

「いえ、もう診ていただきましたよ」

藁宇治は拭き終えたメガネを掛けて俺を見る。

見た瞬間から一気に顔が青ざめていった。

「うわあああぁっ！　なんでっ⁉」

叫び声が廊下の隅々まで響き渡る。みんなが立ち止まって振り返るほどだ。

「キミ……確かに……死んだはずだ……は、ははは。死亡確認だってしたんだ……ははは。

それなのに……」

藁宇治の手からハンカチが落ちる。

「今日、そこの水島園《みずしまえん》でえらい事件が起きたんですがね。そのことでちょっとあんたに聞きたいことがあるんですよ」

漫呂木が警察手帳を見せながら用件を伝える。

俺は凄《すご》む漫呂木を慌てて抑えた。

「漫呂木さん落ち着いて。違いますよ、その人じゃない」

「……違う、のか？」

「はい。藁宇治先生にちょっと協力をお願いしたいんですけど、診察の時に一緒に僕を診てくれていたあの看護師さん、どこにいますか？」

カタン――。

質問と同時に背後で音がした。

振り返ると、一人の看護師が目を見開いて俺を見つめていた。足元に問診票が落ちている。

「ああ、ちょうどよかった。あなたを探してたんですよ」

探していたのは――八乙女《やおとめ》看護師だ。

声を掛けると、八乙女看護師は藁宇治以上の蒼白《そうはく》な顔で、藁宇治以上の悲鳴を上げた。

その様子から察したらしい漫呂木が八乙女へと歩み寄る。

「警察です。水島園《みずしまえん》の件でお話を伺いに来ました。お仕事中にすみませんが、少しお時間いいですか？」

俺に注がれていた八乙女《やおとめ》の視線が漫呂木《そぞろぎ》に移る。それからようやく状況を理解したように首を振った。

「な、なんで……私だと……？　い、いや、違う！　何も知らない！　知らない！」

それはもう、自白と言ってよかった。

そう。この人が犯人だ。

刑事がここまでたどり着いている時点で、もうかなりの確信を得ているということを察したのだろう。八乙女はすぐに観念し、それ以上言い訳したり暴れたりすることはなかった。

「ご同行願います」

けれど、漫呂木にそっと背を押された際、不意にやっぱり我慢できないという様子で俺の方を振り返った。

「ねえ……なんで……？　なんで生きてんだ！　あんた！　追月《おうつき》！　確かに……確かに殺したはずなのにぃ！」

再度動転して暴れ始めた彼を取り押さえるのに漫呂木はかなり苦労していた。

看護師は体力勝負と聞くし、侮れない力を持っているらしい。それが男性看護師となれば尚更《なおさら》だ。

□

さて、先に今回の事件の結果発表をしておこう。

犯人は遠枡《とおます》総合病院勤務の看護師・八乙女徹人《やおとめてつと》二十八歳。

八乙女は病院に通っていた自殺願望のある患者の情報を集めて選別し、自らが特定されないようにコンタクトを取っていた。

そして指定した条件下での集団自殺を持ちかけた。

ジロキチとして、多額の金を彼らに振り込んだのも八乙女だった。

後に彼が自供したところによると、最初に振り込んだ分は相手を信用させるための前金代わりだったらしい。

本当に指示通りに死んでくれたら残りのお金――俺はその金額までは聞いてないけれど――を振り込む約束だったという。

「あの人達《たち》は、生きる気力そのものを失ってた。自分の肉体を傷つけては病院へやってくる。その度に私は声をかけたんですよ……。でも一看護師の言葉なんて無駄だった。なんの効果もなかった……。単に借金があって苦しいとかそういうことじゃない。根本的な生命のエネルギーの問題だったんだ」

だが個別に調べていくと、そんな人達にも何か一つは未練があったという。

「死ぬことを決めた人間にとっては一円も一億円も等しく無価値だ。あとはいつ旅立つか──それだけだ。でも彼らがこの世に残していく人達《たち》にとっては別だ」

両親、祖父母、兄、姉、弟、妹、親戚、あるいは恋人──。

何か残せるものがあるなら残してやりたいと思う。八乙女《やおとめ》が声をかけたのはそんな心優しい人物ばかりだった。

これもまた後日に分かったことだけれど、実際に自殺者の中の一人は受け取った前金を、大病を患った母親の手術費用に割り当てようとしていたという。

では彼がそこまでして集団自殺をプロデュースしたかった動機はなんだったのか──。

「守りたかったんだ。この町の景観を」

取調室の小さな窓から外を見つめながら、八乙女はそう言ったという。

「患者さんがね……死に際に見る風景を取り戻したかったんですよ。どこって、この病院の、病室の！　窓から最後に眺める風景をだ！」

死の淵《ふち》にある患者は病室のベッドの上で最後を迎える。その時目にするのはどうしても病室の天井か、そうでなければ窓の向こうの景色になる。

遠枡《とおます》総合病院の西側の窓からは、昔から水島園《みずしまえん》の名物である日輪《にちりん》観覧車を望むことができた。日輪観覧車と地元の街並みが織りなす美しい風景。それを眺めながら多くの人が心安らかに息を引き取っていった。

「もう、何十年もの間そうだったんだ！　私が生まれる前から！　それなのに日輪観覧車は取り壊されて……それで代わりに出来上がったのが、よりにもよってあのゴテゴテした！　品性のかけらもない！　下品な金ピカ観覧車だ！　台無しだよ！　なんなんだよアレは！　トレチェスゥ？　ふざけるな！　あんなもの！」

そう言った八乙女の様子には鬼気迫るものがあったらしい。

「最初は不吉な噂《うわさ》話をネットに流して嫌がらせをしてた。観覧車に悪霊が取り憑《と》いてるってな。でもそんなことに大した意味はなかった。鼻で笑われて終わりだった……。だから！」

だから彼は他殺に見せかけた大事件を起こし、トレチェスを即刻取り壊しに追い込んでやろうと考えた。

多分彼の目論見《もくろみ》通りトレチェスは取り壊されるだろう。こんな前代未聞の事件が起きてしまった今、何もなかった顔をして稼働させ続けることは難しい。

八乙女徹人《てつと》は少なくとも自殺教唆罪、或《ある》いは自殺幇助罪《ほうじよざい》に問われるだろう。

彼のやったことを考えると、罪がどれくらいの重さになるのか見当もつかない。

現役看護師による集団自殺プロデュース。

メディアによってセンセーショナルに報じられる様が目に浮かぶ。

世間は八乙女を『悪魔のような看護師』としてバッシングするだろう。

それでも、その動機に関してだけ言えば、そこには病室で死にゆく人に対する一点の曇りもない慈愛があった。

もちろん、慈愛があればいいというものでもない。罪が許されることもない。

その死に行くものへの慈愛を、なぜ自殺者達《たち》に向けてやれなかったのかと思う。

それでもあのトレチェスが景観を台無しにしていたという主張だけは、同感だと言わざるを得ない。


ところで漫呂木《そぞろぎ》が八乙女《やおとめ》を連れて警察署へ行ってしまった後、俺とリリテアは事件解決の余韻に浸る暇もなく水島園《みずしまえん》に引き返していた。

「急がないと閉園しちゃうぞ」

「ねーサクヤ、まだ向こうに用事があるの？」

尋ねるベルカに俺は片手でリングを作って見せた。

「失《う》せ物探しの依頼が残ってるんだ」

「……そっか。よく分からないけどここまで来たら手伝うよ！」

「ありがとうベルカ。キミはいいやつだな」

「気にしないの！　同じ事件に挑んだ探偵仲間！　いや友達じゃないか！」

いつの間にそこまでの仲になっていたんだろう。別に悪い気はしないけど。

「それにしても、事件の直前にすでに殺されちゃってたんだって？　サクヤって本当に不死身なんだね」

「不死身ってのとはちょっと違うんだけどな」

「先生から聞いてはいたんだけど、殺されても生き返るなんて半信半疑だったよ」

「……俺だっていまだに半信半疑だよ」

「ね、あの世ってどんな感じなの？」

「ビートルズが流行《はや》ってる」

俺のいい加減な返答に笑ってくれたのはベルカだけだった。

「でもどうしてあの男の人が犯人だってわかったの？　看護師さんが観覧車の事件の犯人だってだけでもボクびっくりしちゃったけど、サクヤまで手にかけてたなんて」

「今の今までトレチェスの集団自殺事件に手一杯で俺、・・・・追月朔也殺人事件については満足に推理もできてなかったんだけど」

「朔也《さくや》様、ご自分の死にそんな名前をつけないでください」

「他に言いようがないからさ。それで、最後にみんなで病院へ向かう途中に余裕ができたから改めて色々考えてたんだよ。俺が殺された時のこととか。ほら、まさにこのあたりだ」

俺達はちょうど病院側から公園を突っ切ろうとしているところだ。

「どんなこと考えたの？　聞かせてよ」

ベルカが肩を寄せてくる。

「それは私も気になっておりました」

ベルカとは反対側からリリテアも肩を寄せてくる。

「リリテアは知ってると思うけど俺、こう見えてもそれなりに襲われ慣れてるんだ」

そう言うとフィドもリリテアも呆《あき》れたような顔をした。俺もこんなことは自分で言いたくないけど、事実だ。

「だから襲われた時に、何か一つでも証拠をつかんでから死んでやろうと頑張った。だけどいくら考えても凶器が何か分からなかった。というよりも、犯人は最初から何も持ってなかったんだ。でも素手であの破壊力を出すのは無理だ。そもそもあれは拳の感触なんかじゃなかった」

実際に体感したからはっきりと言える。

「それじゃ犯人は何を使って俺を殴り殺したんだ？　凶器は？」

「えっと……なんだろう？」

「その答えに触れる前に、犯人の動きについて話さなくちゃいけない。あの時犯人は病院を背にして水島園《みずしまえん》へ向かう俺の背後から殴りかかってきた。ちなみに俺はあの時この道で誰ともすれ違わなかったし、物音もしなかった。そしてほら、ご覧の通り公園の道の両脇は生垣がびっしり茂っている。こっそり生垣をかき分けて俺の背後に回り込むことも不可能だ。そんなことをしたら物音ですぐに気づく」

「つまり犯人は朔也《さくや》様を追いかけて病院の方からやってきたということですか」

「そう。だから犯人は病院の人間なのかなって思った。でも病院の人間が何か凶器なんて持って飛び出して行ったら同僚や患者に怪しまれる。そもそも看護師さんが勤務中に病院を飛び出していくなんて、それだけでも印象に残ってしまう。だから犯人――八乙女《やおとめ》さんは看護師の格好から私服に着替えて、患者のふりをして俺を追いかけたんだ」

もし白衣でも着ていようものなら、流石《さすが》に暗い公園でも俺にもそうとわかっただろう。

「そうだとして、凶器の問題は？」

早く言って、とリリテアがささやかな圧をかけてくる。

言うよ。言うから肩で押さないでくれ。

「だから、患者のふりをしてたんだよ。利き手にギプスをはめてね」

「ギプス……看護師さんはギプスで殴りかかったの？」

「うん。多分ね。診察室で説明用のギプスを見せてもらったんだけど、多分そういう類《たぐい》のもの。背後から殴られた時に感じたあの岩とも金槌《かなづち》とも違う妙な感触は、ギプスだったんだ」

「そっか、だから犯人は手に何も凶器を握ってなかったんだね。持っている必要がなかったんだ」

ベルカの言葉に続いて「テッド・バンディもびっくりだな」とフィドが言う。

集団自殺事件の黒幕は病院にいる。

追月《おうつき》朔也殺人事件の犯人も病院にいる。

その二つの真実に到達した時、にわかに二つの事件が線で繋《つな》がった。

「俺を殺したのが病院の人間なら、水島園へ向かう俺を慌てて追いかけてまで殺さなければならなかったのはなぜか。それは、俺を水島園に行かせたくなかったからだ。集団自殺事件に俺を関わらせたくなかったからだ」

と、そんなことを話しているうちに俺達《たち》は水島園《みずしまえん》に戻ってきた。

園はすでに封鎖されていて、中には警察関係者しかいなかったけれど、事件解決に貢献したという名目で入園を許してもらうことができた。実際はフィドの威光のお陰かもしれないけれど。

俺はフィドとベルカに指輪の特徴を伝えて協力を頼んだ。これ以上なく心強い協力者だ。

「犯人は朔也《さくや》様を探偵だと認識していて、これから水島園に事件を解決するために向かうことを知っていたわけですね」

懸命に指輪を探していると、リリテアがさっきの話の続きをし始めた。

「ですが、いつどうやってそのことを知り得たのでしょう？」

「え？　まだ続けるの？　それより指輪探そうよリリテア」

正論を言うと、我が助手は非常に心外だという時の可愛《かわい》らしい膨れっ面を見せてくれた。

「わかった。わかったってば。えっと、その答えはリリテアとの電話だと思う」

「電話……」

そう言えばしましたね、電話——とリリテアが呟《つぶや》く。

「俺、あの時病院の屋上にいたんだ。立ち入り禁止のね。よくないことなんだけど、そこなら誰もいないと思って」

「でも、そこには犯人である八乙女《やおとめ》さんがいた？」

「そう。彼は俺より先に屋上に潜んでたんだ。というより屋上から観覧車の様子を窺《うかが》ってたんじゃないかな。確実に自殺が行われたかどうかを自分の目で確認するために。何か起きていれば観覧車は停止する。屋上からでもそれは確認できたはずだ」

屋上は立ち入り禁止なのだから人が来る心配はない。八乙女はそう考えていたはずだ。

それなのにそこに俺が現れ、起きたばかりの事件について電話で話し始めた。

「咄嗟《とっさ》に身を隠した八乙女さんはその会話を聞いていたんですね」

聞いていただろう。俺が世界最高と謳《うた》われる追月断也《おうつきたつや》の息子であること、水島園で起きた事件のために行動を起こそうとしていることを――。

「八乙女さんからしてみれば気が気じゃなかっただろうな。探偵があっという間に事件を解き明かして、自分を捕まえに来るんじゃないかってね。そして彼は考えた。今なら探偵が現場に到着する前に始末できる。やるしかない」

俺が電話を切って屋上のドアの方に戻ったとき、鉢合わせたのは他ならぬ八乙女だった。あれはドアを開けて屋上に出てきたところではなく、反対に屋上から中へ逃げ戻ろうとしていたところだった。だけどタイミングが遅れて、その姿を俺の前に晒《さら》してしまった。

俺のことを探し回ったと言ったのは咄嗟の言い訳だったに違いない。

「そして病院を出た朔也様を追いかけ、先程の方法で殺害した――。では、死体の事後処理は……」

「多分、八乙女本人がやったんだと思う。まず俺の遺体を公園の生垣の中にでも隠してから一度病院に戻り、看護師の服装に着替えてギプスを処分するとすぐに公園に戻り、俺のことを患者として再度ストレッチャーで病院に運び込んだ」

その時俺はもう死んでいたから、患者と言えるかどうか微妙なところだけど。

「それから医師に……多分藁宇治《わらうじ》先生だろうけど、ついさっき診察した俺が脳内出血で死亡していることを伝えた。交通事故の負傷によって時間差で死亡したと思わせたんだ」

実際俺は八乙女《やおとめ》に頭を何度も殴打されていたし、そのダメージはもともと事故で負傷していた俺の脳内を決定的に傷つけた。

「死亡診断は藁宇治先生にやらせたんだろうな。後々の細かな手続きは、看護師という立場を利用して何かしら改竄《かいざん》するつもりだったのかもしれない。藁宇治先生が何か異を唱える可能性もあっただろうけど、先生からすると誤診のせいで俺が死んでしまったような形になるわけだから、色々と後ろめたさもあったはずだ。だからある程度口裏を合わせて、追月朔也《おうつきさくや》は交通事故によって搬送され、はなから処置が間に合わなかった——ってことにするつもりだったのかも」

八乙女のその目論見《もくろみ》は、俺が早々に生き返ってしまったことで結局意味をなさなくなったわけだけれど。

そこまでの話を聞き終えてリリテアが小さく息を吐いた。

満足したという顔だ。

「ま、全部想像なんだけどね。でも今頃警察が追月朔也暴行の容疑についても追及してくれているだろうし、必要なら藁宇治先生に事情聴取もするだろうから、そのうち真実が俺の耳にも届いてくるかも――あ」

「どうしましたか？」

俺はふと目に留まったそれを指さす。

「動き出したぞ。トレチェス」

「あ……」

俺達《たち》の見つめる先で観覧車が再びゆっくりと回り始めていた。

気になって近づいてみると、最初に話を聞かせてくれたスタッフの芥沢《あくたざわ》さんが俺達を見つけて手を振ってくれた。

「お客様の荷物はもう全部運び出しましたし、清掃も終わったんですけど、念《ねん》の為《ため》駆動に問題がないか確認するために動かすことになったんです。一つ一つゴンドラをチェックしなきゃって」

非常に複雑そうな表情だ。いや、起きた事件を考えると彼女の態度はとても立派だと言える。毅然《きぜん》としていて、とてもプロフェッショナルだ。

だから、トレチェスがこれからどうなってしまうのか――なんてことを彼女の前で口にすることはできなかった。

「朔也様……あれを……朔也様。ねえ……朔也っ」

色々一人で浸っていると、突然リリテアが焦《じ》れたように俺の腕を引っ張った。

「な、なんだよ急に。ちょっと！」

俺の腕を引いたまま、リリテアは観覧車の搭乗ゲートを通り、そのまま扉の開いたゴンドラに乗り込んでしまった。

「あ！　何やってるんだよー。勝手に乗っちゃって。スタッフさんに迷惑じゃないか。ほら、降りよう……って、あれ⁉」

急いで外へ出ようとしたら目の前で扉が閉められてしまった。ガラスに手をついて外を見ると、芥沢《あくたざわ》さんがニンマリした顔でグッとこちらに拳を突き出している。いや、なんですかその拳は。

「仕方ないですね。一周だけプレゼントしましょう」その顔はそう言っている。

何か誤解しているようで、スタッフの粋な計らいで特別運行——ということになってしまった。

「なありリテア。急にどういうつもりなんだ？　そんなに乗りたかったのか？」

リリテアは何やらゴンドラの椅子の下に手を伸ばしている。それもかなり奥の方。

「……リリテア？」

「見つけましたっ」

リリテアが声を上げ、俺を振り返る。

「見つけたって……あ！」

彼女の手の中で慎《つつ》ましいダイヤの指輪が輝いていた。

「それ……ああ！　依頼の指輪じゃないか！　こんなところにあったのか！」

「すみません。一瞬光るものが見えたのでつい飛び込んでしまいました」

「そういうことだったのか……びっくりした」

リリテアは見つけた指輪を自前の白いハンカチの上に載せると、優しい手つきで俺に手渡してくれた。

「お手柄だよリリテア。これで指輪探しの依頼も完了だな」

「はい。依頼主のご夫婦も喜ばれることでしょう」

そうと決まればあとは事務所に戻るだけ――と言いたいところだが、ゴンドラが一周するまでしばし待たないといけない。

「えっと……一周するのに十分くらいだっけ」

「はい」

「……そうか」

「はい」

改めて狭いゴンドラの中でリリテアと目が合う。目のやり場に困って思わず窓の外に視線を逃した。そこには夜景が広がっている。

そっとリリテアを見ると、彼女はいつの間にか行儀良く椅子に着席してこちらを見上げていた。

「リリテア、その……今日は大変な一日だったな」

「朔也《さくや》様もお疲れ様でした」

「うん」

「くたくた？」

「くたくただよ。車には撥《は》ねられるし、川には落ちるし、おまけに医療従事者にまで殺されちゃうし。今日も死んだり蹴ったりだった。できれば下に戻るまでの間だけでもゆっくりさせてもらいたいね」

夜景が形作る地平線を眺めながら、調子に乗ってポンポンと冗談半分の愚痴を披露すると、我が助手はしばし何かを思案するように天井を見上げた。

「なんてね。冗談だよ、じょうだ……」

「朔也」

やがて彼女はポンポンと二度、自分の太腿《ふともも》を軽く叩《たた》くと小首を傾《かし》げてこう言った。

「ゆっくり——する？」

俺は思わずよろけてゴンドラの壁に頭をぶつけてしまった。

そんな体たらくの探偵様を、助手はくすくすと笑う。

両手で口元を隠してくすくす笑う。

一方大量の死者を出した観覧車はくるくる回る。

皮肉でしかないけれど、死を繰り返している俺にはおあつらえ向きの、心落ち着く乗り物だ。

□

翌日、俺とリリテアは事務所近くのオープンカフェに来ていた。

週末の通りにはたくさんの人が行き交っていた。空は晴れているけれど、空気は少しだけ湿っている。

「日本の食事ってどこで何を食べても美味《おい》しい。国に持って帰りたいなー」

隣の席ではベルカが心の底から幸せそうにナポリタンを頬張《ほおば》っている。

「ね、先生」

ベルカの足元にはフィドもいて、ホットドッグをガツガツ食っている。

彼らはしばらく日本に滞在するつもりだという。

「そうそう、あの犯人の看護師さん」

ふとベルカが食べる手を休めて何故《なぜ》か小声で話しかけてくる。

「調べてみたんだけど、実はあの人自身も病に冒されてたみたいだよ」

「……病に？」

「それもかなり悪い……というか、治る見込みが低そうな病気。職場には内緒にしてたみたい」

「……ああ。だからか」

　その情報で妙に納得してしまった。

「多くの人の死を看取《みと》ってきた彼が、今度は自分自身の死を身近に感じた。その時改めて痛切に感じたのかもしれないな」

「どういうこと？」

「最期の時を待つ患者と同じ気持ち、同じ目線になったことで、あの病院から見える景色に絶望と怒りを覚えたんだろう」

　それが八乙女《やおとめ》の動機、犯罪に駆り立てる原動力になってしまったのかもしれない。

　遠枡《とおます》総合病院では今もまだ数名の被害者が集中治療室に入っているという。自ら命を絶とうとした人を被害者と言っていいのか迷うところだけれど、それはこのあとまださらに死者が増える可能性があるということだ。

　もちろん助かる可能性もある。けれど助かったとて――彼らが生きる気力を取り戻さなければ同じことだ。

「朔也《さくや》様、あまり思い悩まれないでください」

「ありがとうリリテア。でも、今回の事件は被害者も首謀者も色々な意味ですっきりとしないよ」

　浅いため息をつくと、フィドが顔を上げた。

「いつまでも引きずるな。謎が解けて犯人が捕まったなら、探偵の仕事はそこで終わりだ。それよりも今するべきはこの先の話、だろう？」

確かに彼の言う通りだ。

「お前、最初の七人《奴ら》の情報を欲しがっているんだったな。だが、その結果奴《やつ》らを見つけ出してどうするつもりだ？　父親の意趣返しに一人ずつカラテか何かで決闘でも申し込むのか？」

それはもちろんフィドのジョークだったけれど、彼は煮え切らない俺に揺さぶりをかけてもいるようだった。

「それは……正直まだ分かりません。俺はただ親父《おやじ》がどうなったのか、奴らが何をしたのか、それを知りたいんだ。それで、もし奴らが俺にとって許せない存在だとわかったら……その時は俺がもう一度親父の代わりに最初の七人《セブン・オールドメン》を捕まえて、牢屋《ろうや》に戻ってもらう」

「フン。危なっかしくて見てられんな。小僧、お前は戦場での事件現場でも真っ先に殺されるタイプだ」

フィドは相変わらず手厳しい言葉をぶつけてくる。

「よくリリテアにも言われます」

苦笑していると、話を聞いていたベルカがこちらの顔を覗《のぞ》き込《こ》んできた。艶のあるブロンドの髪が頬《ほお》に揺れている。

「サクヤ、ごめんね。つまり先生はこう言いたいんだ。放っておけないからしばらくは力を貸してやるって」

「フィド……」

「いいか小僧、目的があるなら力をつけろ。だがそれは探偵としての力だ。ステイツの能天気な映画の主人公みたいにマッチョになれとか、カンフー映画をまねろって話じゃねえ。探偵力の話だ。どうせタツヤはそのへんのことを何もお前に仕込んでないんだろう。だからせいぜいイジメ鍛えてやるさ。お前のヘマの巻き添えを食ってこっちまで危ない目に遭うのはごめんだからな」

「……ありがとう」

「ところで昨日の事件だがな」

例の言葉なんて興味がないと言わんばかりに、フィドは流れるように話題を変えた。

「まだ一つだけ解せんところがあるよな」

「解せない？」

「気付けよアホタレ。あの看護師が自殺者達《たち》に支払った金の出どころさ」

「それは……確かに」

「高給取りの医者が犯人ならあるいはとも思ったが、あの若い看護師にそれが用意できたとは思えん。一人一人に渡す額が大きいし、人数も多すぎる。さて、どこからきたんだろうな？」

フィドがQを投げかけてくる。これも彼の授業の一環なんだろうか。

「つまり……出資者がいる？」

「ああ。でだ、一つの観覧車を取り壊させるためだけに集団自殺をさせたい。そんな一人の男の計画のために何千万、下手すりゃ億の金をポンと出資する。そんなことが可能で、やりそうなヤツというと、俺には一人……しか……む……うう、わう」

それまで雄弁にシリアスに語っていたフィドの言葉が途中で突然乱れた。

「かわいーわんちゃん」

見ると、通りすがりの見知らぬ小さな女の子が、大胆に地面にしゃがみ込んでフィドの頭を撫《な》でくりまわしていた。いつの間に。

突然の子供からのスキンシップに対して吠《ほ》えるわけにもいかず、フィドはされるがままとなっている。

「おなまえはー?」

「フィド先生だよー」

ベルカが慣れた様子で子供に対応している。彼らにとってこういうのは日常茶飯事なのかもしれない。

「あ! いけない」

しばしフィドの毛並みを堪能していた少女だったが、大切なことを思い出したというように立ち上がり、洋服の埃《ほこり》を小さな手で払った。

「これを渡してって言われてたんだった! はいどうぞ!」

そしてポケットから何かを取り出すと俺に手渡してくる。

それは最新型のスマホだった。俺の持っているものよりも高価なやつだ。

「これを……俺に？」

「うん。あっちで大人の人にお願いされたの。渡しておいてって。わんちゃん、バイバイ」

用件を終えると少女はテッテッテとその場を走り去っていった。その背中は人混みに紛《まぎ》れてすぐに分からなくなった。

「なんであんな小さな女の子が俺にこんなものを……？」

にわかに不穏な空気が漂い始める。

「頼まれたって……一体誰に……ねえ、ちょっと！」

後を追いかけようとベルカが立ち上がるのを、フィドが制止する。

「無駄だ。あの子は何も知らんだろう。無関係な人間を複雑に経由させてそいつを渡してきたんだ」

俺達《たち》は自然と残されたスマホに視線を落とした。

すると、スマホに着信がきた。

芸術的とも言えるタイミングだ。

着信音は聞いたことのある曲だった。有名なクラシックの——そう、確かワーグナーの『ワルキューレの騎行』だ。

相手の番号は表示されていない。

俺達は咄嗟《とっさ》に互いの顔を見合わせる。

フィドが頷《うなず》く。

俺は心を決めて電話に出た。

「ごめんあそばせ、朔也《さくや》」

その声が俺の鼓膜を震わせた瞬間、瞼《まぶた》の裏にとある色がよぎった。

それは目を奪う鮮烈な真紅。硝煙混じりの風に翻る華麗なるドレス。

「シャル……。キミなのか」

大富豪怪盗《セレブリティ》、シャルディナ・インフェリシャス。

「シャルの慈善事業の邪魔をしてくれてどうもありがとう」

開幕のその一言は全てを察するに余りあるものだった。

隣で聞き耳を立てているフィドも「やはりな」と小さく唸《うな》る。

「彼……えっと、ヤオトムっていったかしら？　え？　ヤオトメ？　どっちでもいいわ。

彼、目的のためにお金を必要としているみたいだったからシャルが少し融通してあげたの。

急なことだったからその時はポケットの中に300万€《ユーロ》しか持ち合わせていなかったの
だけれど、彼には充分だったみたい」

「キミが資金源だったのか。でも一体どうやって」

八乙女《やおとめ》が胸に秘めていた恐ろしい計画を知り得たのだろう。

「知らないの？　情報もお金で買えるのよ。紙幣の吹雪をサッと宙にばら撒《ま》けば資本の妖精が世界中から面白そうな情報を集めて、寝室でまどろむシャルの耳元まで教えにきてくれるの」

シャルディナはコケティッシュな成分を含んだ声で夢のようなことを囁《ささや》く。

もちろん彼女の言ったことは譬え話《アレゴリー》だ。要するに彼女は世界中に情報網を張り巡らせているると言いたいのだ。

大富豪怪盗《セレブリティ》は己の退屈をひと時紛《まぎ》らわせてくれそうな情報を気まぐれにピックアップし、楽しむ。

あと一押しで向こう側へ倒れそうなドミノを足のつま先で小突《こづ》く。

その結果、八乙女という一人の男は資金を得て、向こう側へ転んだ。

前代未聞の集団自殺をプロデュースする男を、そのさらに裏からプロデュースしていたのはシャルディナだったんだ。

「なんのためにわざわざこんなことをした？　面白いからか？」

「言ったでしょ。慈善事業よ……なんて言ってみたけど、あえて言うなら、そうね、あのトレチェスとかいう観覧車……」

瞬間、トレチェスの悪趣味な成金的デザインが脳裏をよぎった。

「まさか、水島園《みずしまえん》の新しい出資者ってキミなのか？」

「違うわよ」

しかし俺の想像は瞬時に否定されてしまう。

「もしそうなら、シャルがあんなセンスの欠片《かけら》もないデザインの観覧車を造らせるわけがないでしょう？　むしろ逆よ。この前日本に来たとき、車の窓から見かけた観覧車が気に入らなかったから、ちょっと壊しちゃおうと思って。でもただ買収したり爆破したりするんじゃつまらないから、どうしようかなって思ってたの。そうしたらちょうどヤオトムの計画が手元に転がり込んできたから、彼にやってもらうことにしたの。その方が面白そうだったから」

結局、面白いからという理由に帰結している。

集団自殺が起きれば観覧車は稼働停止。やがて取り壊される。

自殺志願者達《たち》は残される家族に大金が渡り、安心して逝ける。

「これぞウェンウェンの関係、でしょ？　あら、ウィンウィンだったかしら？　ウェンウェンじゃどっちも大泣きね」

シャルディナは笑う。嘲笑《あざわら》う。

「シャル……どこにいる？」

「朔也《さくや》、怒ってるの？」

「親父《おやじ》のこと、何か知ってるんじゃないのか？」

「不死の探偵、追月断也《おうつきたつや》ね。遺体は発見されたって話でしょう？」

「あんな顔も指紋も分からない焼死体を見せられたって何にもなりゃしないよ」

ＤＮＡが一致したという説明も受けたけれど、そんなものは所詮見ず知らずの警官が読み上げた書類上のデータに過ぎない。

「彼は不死なんかじゃありませんでした。めでたしめでたし――それじゃダメなの？」

「ダメだ」

「困った人ね。いいわ。それならレギンレイヴまで来なさい」

「レギンレイヴ？」

「地中海に浮かぶ私の島よ。そこに秘密の別宅があるの。そっちから訪ねてくるなら追月断也について教えてあげなくもないわ。ただし、無粋な警察連中には内緒でね。むさ苦しい連中に泣きついて引き連れてくるようならこっちも相応のもてなしをするわ」

「……わかった」

「そうそう朔也、そのスマホは大切にしておきなさい。世界中で唯一、シャルに直通の電話なんだから、ね？」

「ああ。必ず会いに行くよ」

「God speed you」

その言葉を最後に通話は途切れた。

「……ふう」

凄《すさ》まじい緊張感から解き放たれて、思わず息を吐いてしまう。そのまま沈み込むように椅子に座り直し、天を仰ぐ。

「シャルディナの拠点レギンレイヴ――。名前だけだが俺も耳にしたことがある。地図には載っていない、経済実験特区だとか。どんな愉快な場所だろうな。さて小僧、行くか？」

フィドが煽《あお》るように声をかけてくる。

行くさ。行くよ。

俺は表情で彼にそう伝えた。

「朔也《さくや》様」

リリテアがそっと俺の肩に手を添えてくれる。

ここにいます、と伝えてくれている。

それだけで冷えていた手足に、血液が巡るような感じがした。

俺はリリテアだけでなく、フィドとベルカにも提案する意味で手を挙げた。

「とりあえず……みんなでプリンアラモードでも頼まない？」

考えるのはその後にしよう。

ユリュー・デリンジャーの挨拶・4

いつだったか英国のタブロイド誌にこんな言葉が躍ったことがある。

シャルディナ・インフェリシャスは財力を魔術のように使う。

金で全てを強奪し、盗み去る。

故に彼女はこう呼ばれている。

大富豪怪盗《セレブリティ》――あるいは資本の魔女《キャピタル・ウイッチ》。

作家アーサー・C・クラークは「充分に発展した科学は魔術と見分けがつかない」と言ったけれど、十二分に保有した財力もまた魔術と見分けがつかなくなるらしい。

シャルディナの私設軍隊EMもまた、使う魔術の一端というわけだ。

EMとルチアノ・ファミリーとの間で偶発的に、なし崩し的に勃発した銃撃戦はずいぶん派手なものへと発展していた。

「シャルの下で弾を惜しむような子はいないわね？」

シャルディナは銃弾降り注ぐ広間の真ん中で状況を楽しんでいる。

自分では銃も持たず、狼狽《ろうばい》も隠れもせず、ただ突っ立っている。

敵の弾？　当たるわけないでしょう？　シャルなのよ？

そう言いたげな顔で。

「外に行くわよ。ここ、埃《ほこり》っぽいったらないわ。カルミナ」

「はい、お嬢様」

戦場を外へ移すことに決めたらしいシャルディナは気ままに踵《きびす》を返した。その、ターンした瞬間にシャルディナのドレスが変わった。

一瞬目を疑ったけれど、早着替えを行ったらしい。やったのは隣に控えているカルミナだ。見事な早技だ。と言うか、今まで替えのドレスなんてどこに隠してたんだ。

「あいつ、埃っぽいドレスなんて一秒も着ていたくないわけね」

着替えたと言っても、やっぱりそれは同じような真紅のドレスだった。でも、こだわりがあるのか微妙に色合いが違う気がする。

古いドレスを脱ぎ捨て、颯爽《さっそう》と広間から出ていくシャルディナ。

私も後を追ってそのままホテルから通りへ出た。

マフィア連中は引くに引けないというヤケクソ気味の顔で引き金を引いている。多分、相手がなんなのかまだよくわかっていないんだろう。

警察のサイレンはまだ聞こえない。

きっと警察署長にはルチアノからこんな一報が入っているはずだ。

ちょっとワケありでアジア系の若い女を部下に追わせている。多少騒がしくするかもしれない・が気にしないでくれ――。

署長はもうしばらくの間ポケットの中の札束の手触りを味わいながら、騒動に気づかないふりをするだろう。

けれど今回に限っては、マフィア達《たち》も早く警察に来てもらいたがっているんじゃないかな。

それくらいEMは統率が取れていたし、容赦がなかった。

シャルディナはギャグみたいに長いリムジンの屋根の上に陣取って、指揮者さながらに冷酷な指示を下している。

「あそこのトレーラーの陰に三人。Kill 'EM」

一つ下すごとに次々とドレスが変わっていく。花嫁のお色直しみたいだ。

カルミナの早技は見事だった。ブルー、オレンジ、ピンク、イエロー、グリーン、ブラック――。今度は色彩も豊かだ。

「にはは！　見て見てーお嬢！　ぶっKill《キ》ってやったぜ！」

「上手よアルトラ」

その一方私は私で、マフィアの一人が落として行った短機関銃を拾って適当に降りかかる火の粉を払い続けていた。

銃。時々状況に応じて撃つこともあるけれど、やっぱり使っていて面白いものじゃない。

正直なところ、銃なんて使わなくてもすぐに場を制圧することはできる。

この場の全員を私に恋させればいいだけなのだから。

「でもなあ、後が面倒だし」

通りかかった配送トラックがタイヤに弾丸を受け、派手に横転する。

同じように事故って穴だらけになった車が既にあちこちに乗り捨てられていた。

私は車に駆け上がると、車体から車体へアスレチックみたいに飛び移った。

途中、マフィアの一団の中にピオの姿を見つけた。ピオは私を見つけると「俺はキミを撃ったりしないから」というように目配せをしてくる。

組織と恋の板挟みでピオも苦しんでいるらしい。知ったこっちゃないけれど。

それはともかくとして、ピオを見ての通りだ。

一度恋させてしまったら、それがいつ、どうやって冷めるかは当人次第。

催眠術みたいに指先パチンで元に戻せるわけじゃない。

だから、後々どんなふうに執着されるかわかったものじゃない。

そこがこのユリュー・デリンジャーの体質の面倒なところだ。

「ま、私が頑張らなくてもＥＭが勝手に片付けてくれるし、いっか」

例のリムジンの屋根の上に立つシャルディナを見つけて、私は同じようにそこへ飛び移った。

シャルディナはスマホを耳に当て、誰かに電話をしている様子だった。

相手は——。

「朔也《さくや》、怒ってるの？」

は？

どうしてこいつが師匠と繋《つな》がってんの？

しかも痴話喧嘩《ちわげんか》みたいな雰囲気出しちゃって。

通話の最中にもカルミナによるシャルディナのお着替えは行われている。

ホント、マジックでも見ているみたい。

「困った人ね。いいわ。それならレギンレイヴまで来なさい」

シャルディナがさらに七回着替えを繰り返し、通話を切った頃、戦局は終焉《しゅうえん》を迎えた。

銃声がまばらになり、ファミリーの面々が次々に逃げ出していく。自分達《たち》が相手をしている連中が普通でも尋常でもないことにようやく気づいたらしい。

どんちゃん騒ぎもこれで幕引きだ。

通りはすっかり静まり返っている。市民は窓から顔を出そうともしない。

タイミングを見計らっていたみたいに、パトカーが遠くから連なってやってくるのが見えた。

「この派手好き。お茶の時間に血の匂いなんてサイテー、じゃなかったっけ？」

シャルディナが電話を切り終えるのを待って、背後から耳元に囁《ささや》いてやった。

「きゃうあああぁぁっ!?」

するとシャルディナはスマホを放り投げる勢いで驚き、私から距離を取った。愉快な動きだ。

「びっくりさせないでよ！」

「相変わらずビビリだな。笑える」

「後ろからってのがダメなだけよ！　後ろはダメなの！」

地面に転がった薬莢《やっきょう》を蹴飛ばして怒っている。

「あっそ。まあお前の秘めたる設定なんて興味ないけど」

「設定とかじゃないから」

「あーあ、疲れた！」

シャルディナの言葉を聞き流しながら、私はその場に腰を下ろした。

色々あって疲れたけど情報は手に入れたし、さっさと日本に帰って灰ヶ峰《はいがみね》ゆりうに戻ろうかな。

探偵の弟子に。

「疲れたはこっちのセリフよ」

シャルディナも私に倣ってか、隣でお嬢様座りを決める。

「……ところでさっきの電話」

「ええ。追月断也《おうつきたつや》の息子よ。何？　あ、気になる？」

「別にー」

「日本でちょっと知り合って、ね」

「油断も隙もない」

「そう言うあなたこそ近頃彼にまとわりついてるんですってね」

「お前の知ったことじゃないよ。あ、〝本当の私のこと《エンブレス》〟を告げ口するつもりなら、まずお前を黙らす」

「シャルが朔也《さくや》に？　しないわそんなこと。シャルはあの子のベビーシッターじゃないのよ。それこそ知ったことじゃないの。曲がりなりにも探偵を名乗るなら朔也が自分自身で気づかなきゃね」

こちらから釘《くぎ》を刺すと、シャルディナは実にドライな口調でそう言い放った。気に食わない言い方だ。けれどこいつがそう言うならそうなんだろう。

つまらない嘘《うそ》は心の強度を下げる。そしてシャルディナという女はそんな類《たぐい》の嘘はつかない。

常にふんぞり返って本心だけを語る女だ。

常にふんぞり返って本心を騙《かた》る私とは対極にある。

「ちょっとだけ景観を損ねちゃたわね」

シャルディナは一息ついて周囲の惨状を見渡すなり、早速部下に指示を飛ばす。

「カルミナ、あとで壊しちゃったこの辺りの車を全て買い取っておいて。建物と道路の修繕費は裏から政府に送金……ああ、やっぱり面倒だから買い取れるものはみんな買っておいて。警察には賄賂を」

夕飯の買い出しのメモでも読み上げているような気楽さだ。

「シャル、お前相変わらず金を阿呆《あほ》みたいに……いや魔法みたいに使ってるな」

「そういうあなたは懲りもせずこの星に病を振りまいているみたいじゃない」

「知らないね」

「白々しい。あんなに大勢の男に追いかけられておいて」

好きでそうしてるわけでもないんだけどな。

ワンテンポ遅れて、リムジンのエンジンルームから煙が上がる。

空に上っていく黒煙を目で追いながら、私は私という生き物について僅かの間考えてみた。

シャルディナの言葉は言い得て妙だ。

確かに、私は世界中に病を振り撒《ま》く。

特効薬のない病を。

人類はそれを恋の病と呼んでいる。

最初の七人（セブン・オールドメン）

PROFILE

世界の恋人《エンプレス》

ユリ《Y》ユー・デリンジャー

懲役999年

天性の魅力で、
無意識のうちに周囲の
人間を惹きつけ、
好きにさせてしまう。
年齢は不明。

事件二　事件メモ

KILLED AGAIN, MR. DETECTIVE.

佇む者達の館《デモニアカヴィラ》　見取り図

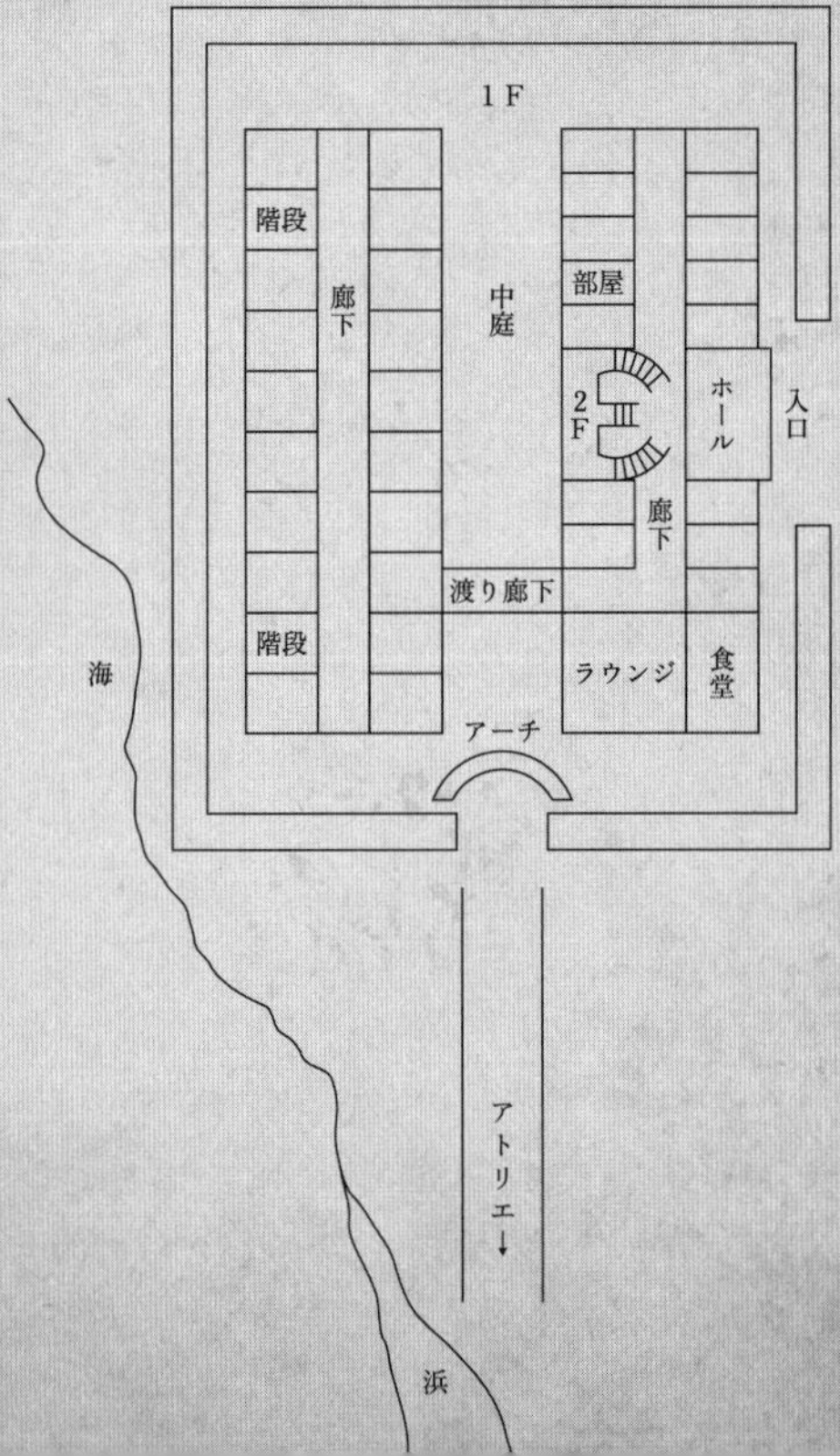

事件二　画廊島の殺人
―前篇―

KILLED AGAIN, MR. DETECTIVE.

一章　格好をつけましたね、朔也《さくや》様

「あひゃー！　師匠！　水が！　水がっ！」

「わ！　わ！　きっと暗礁にぶつかっちゃったんだ！　舵《かじ》が利かないよ！　先生！　沈む！　犬掻《いぬか》きの準備しといて！」

地中海の水平線に、ゆりうとベルカの悲鳴が交互に響く。

船底から侵入してくる海水の勢いは容赦というものがなく、バケツで掻き出したくらいじゃとても追いつかなかった。

こんな時、とことん人間は陸の生き物なのだと自覚させられる。

つまり、なす術《すべ》がない。

俺たちを乗せた小型船は強い波に押されて左右に大きく揺れた。

「みんな、何かに捕まれ！　救命胴衣はどこだ……？」

俺はキャビンの側《そば》で姿勢を低くしたまま、みんなに声をかけた。

「朔也様！」

そんな俺にリリテアが声を掛ける。やけに切迫した様子だ。

「え？」

気づけば俺の体は船の上から投げ出されていた。

転落――落水。冷たい海水が俺の体を包む。

地中海の眩《まばゆ》い日差しによって海中の幻想的な光景が照らし出されていた。

もちろんそんな光景を楽しむ余裕はない。

大きな波が幾重にも覆《おお》い被《かぶ》さり、俺の体を押し流して行った。

上も下も右も左も分からない。時々運よく海面に顔が出たけれど、息継ぎもままならない。

船はどこだ？

みんなは無事なのか？

徐々に海面に浮き上がる回数が減ってきた。

ああ、酸素が足りない……。いよいよ死ぬのか――。

いや、俺の場合、いよいよってほどのことでもないか。我ながら情けないけど。

あれ？

今、鼻先を何かがかすめていったな。

あれは……尾ビレ？

真っ白な……透き通るような……尾ビレだ。

そう思った矢先、俺の体がふわりと海面に向かって浮かび上がる感じがした。

何かが俺を押し上げている。

違う、誰かが――だ。

俺の脇の下から回されたそれは人間の腕だった。細くしなやかな白い腕。

その感触を確かめる前に、俺の思考は気泡に溶けて弾《はじ》けた。

□

沈没の二時間前。

俺たちはシチリア島にあるパレルモという都市に降り立ったところだった。

シチリア島最大の都市という触れ込みに偽りはなく、そこは活気あふれる町だった。

「ここがイタリアか！」

地中海の風を感じながら久々の大地の感触を噛《か》み締《し》める。

「本土ではありませんけれど」

「あ、リリテア、クールぶってるな。機内食のメニュー、俺より悩んでたくせに」

「なんのことでしょう？　おかわいそうに朔也《さくや》様。気圧の変化で幻を見てしまったのですね」

リリテアは俺の反撃なんて歯牙にも掛けない様子で、荷物を詰め込んだ大きなトランクを健気《けなげ》に運ぶ。

「ボク、イタリアは先生にくっついて何度かきたことあるけど、シチリアは初めて！」

俺たちの隣で気持ちよさそうに伸びをするのは英国最高の探偵犬フィドと、その弟子べルカだ。

最初の七人《セブン・オールドメン》の一人、シャルディナ・インフェリシャスからの剣呑《けんのん》な誘いを受けて俺たちは昨日、東京を旅立った。

もちろん想像もつかない危険を孕《はら》んだ旅だ。できれば丁重にお断りしたいところだった。けれど、俺は知りたい。生死も行方も不明なままの親父《おやじ》がどうなったのかを。

情報を得るためには、やっぱり行かなけりゃならないんだ。

シャルディナとの約束通り、今回の件は漫呂木《そぞろぎ》にも警察にも伝えていない。

俺達《たち》だけの秘密の決死行だ。

そして長い空の旅の末、ここシチリア島のファルコーネ・ボルセリーノ国際空港に降り立ったというわけだ。

目指すは地中海に浮かぶというシャルディナ所有の島、レギンレイヴ――。

「とゆーわけでボク達はこれからいよいよ巨悪のアジトに向かうわけだ。太陽よりも危険がいっぱい！　なわけだよ！　向こう三軒隣り合わせ。サクヤ、リリテア、気を抜かないようにね」

「張り切ってるなベルカ」

「何が起こるか分からない旅だからね。万全の態勢で行きたいの。今何時？」

「朝十時」

「今汝《なんじ》？」

「薔薇十字《ばら》」

頭がおかしくなったと思わないで欲しい。これは飛行機の中でベルカが強引に決めた『いざという時のための合言葉』だ。でも使う機会があるとは到底思えない。

「バッチリ！　これでここにいるサクヤとリリテアは敵が変装した偽物じゃなく、本物だと証明されたね。そうかよかったな。誰でもいい、ベルカの口を塞ぐ画期的な方法を考案してくれたら賞金を出すぞ。ひどいよ先生！」

ちなみに今の合言葉、朝十時は俺が答え、薔薇十字はリリテアが答えた。

「日差しが強いな」

手で庇《ひさし》を作り、改めて深い青空を見上げる。

空に太陽が二つも三つも余分に昇っているわけじゃないけれど、地中海は日本とは明らかに違う明瞭な陽光が支配していた。

と――そんな日差しの下、一人の少女が通りの向こうから元気に手を振りながら駆け寄ってくる。

「師匠～！　ジェラート買ってきましたー！」

売出し中の新人女優にして暫定的我が弟子、灰ケ峰《はいがみね》ゆりうだ。

「一息ついてジェラっちゃいましょー」

真っ白なワンピースにツバの大きな麦藁《むぎわら》帽子。そして涼しげなサンダル。旅行気分満載だ。

「ありがとう……」

彼女から溶けかけの美味《おい》しそうなイタリアン・ジェラートを受け取る。

「ゆりうちゃん……まさか本当についてきちゃうとはね。何度も言ってるけど、これは呑《のん》気《き》な観光旅行じゃないんだよ。約束してた海水浴でもないし……」

「何を言うんですか！　悪い人を捕まえに行くんですよね？　つまり師匠の海外デビュー戦じゃないですか！　弟子として付き添うのは当然です！」

とまあ、ゆりうは日本を経《た》つ前からこんな調子で、結局自腹で俺達《たち》についてきてしまった。電話でうっかりイタリア行きのことを話してしまった俺の責任は大きい。

「分かるよゆりう。その気持ち、よく分かる！」

「ベルカちゃんならそう言ってくれると思ってた！」

話を聞いていたベルカがゆりうの手を握り、大いなる共感を示している。

かたや探偵の弟子。かたや探偵の助手。そんな二人の少女が仲良くなるのに時間は必要なく、ここまでの道中ですっかり意気投合していた。

「やれやれ。嵐のように騒がしい小娘どもだ」

フィドのため息が床の埃《ほこり》を飛ばす。

「みんなの分のジェラートもありますよー！　ってもう溶けてるっ！　あひゃひゃ」

テンションの高いゆりうを背に、俺はスマホの画面に目を落とした。それはシャルディナが俺に押し付けてきたもので、今画面には地図アプリが表示されている。

「大富豪怪盗《セレブリティ》め。相変わらずふざけた娘だ。向こうから場所を知らせてくるとはな」

フィドが面白くなさそうに言う。

地図アプリが示しているのは地中海のティレニア海だ。そして真っ青な画面の真ん中では一つのアイコンが点滅している。

それは可愛《かわい》らしくデフォルメされたシャルディナの顔だ。

つまり「シャルはここにいるわよ」と教えているのだ。

念のため別の地図で確認してみたけれど、その座標に島はなかった。それだけでレギンレイヴが世界の目から隠された特殊な島であることがよくわかった。


「ここから船の旅ですね」

海風に揺れる髪を押さえながらリリテアが言う。

空港から直行してきたパレルモ港には磯《いそ》の香りが漂っていた。香りも日本のものとは微妙に違う気がするのは気のせいだろうか。

「船……。そうだな」

「朔也《さくや》様、クィーン・アイリィ号の時のことを思い出して危惧していらっしゃるのですか？　沈没するのではと」

「そんなことは、ない！」

いや、ある。実はまだ船のトラウマを引きずっていたりする。

でもそんなことは言っていられない。

船着場にはずらりと船が並んでいて、そこかしこで海の男たちが力強く働いていた。

「それでフィド、船の手配はどうするんですか？　任せとけって言ってたけど、レギンレイヴなんて地図にない島に向かってくれる便があるとは思えないけど」

地元の漁師にでも乗せてくれと頼むつもりだろうか。

「アホか。厄災と言われる国際指名手配犯の懐に飛び込むのに民間人の船乗りを連れて行けるかよ」

言われてみればそれもそうだ。

「それならどうす……」

「こうするんだよ」

と、フィドが鼻先で示した先には真新しい小型船が浮かんでいた。

「事前に船を買っといた。あれに乗って行くぞ」

「……買った？　船を？」

「なに、五トン程度の小さな漁船だ」

さすが英国最高の探偵。やることが大きい。

「でも運転は誰が？」

「ボクが！」

俺の疑問にベルカがテンポよく答え、颯爽《さっそう》と船に乗り込む。

船舶免許を持っているという。

「探偵の助手たるもの、あらゆる場面に対応できるように準備しておかなきゃならないからね！」

「いいなあ！　うぅ……師匠！　あたしも免許取る！　う、宇宙ロケットとか！」

「張り合わなくていいよ、ゆりうちゃん」

「さあ、いざ北西へ！」

全員が乗り込むのを待ってからベルカが手際よくもやい綱を解いていく。

「あんた、日本人？」

その時、隣の船を掃除していた男が話しかけてきた。意外にもそれは日本語だった。かなり妙なイントネーションだったけれど。

「ええ、そうです」

「そうか！　俺、昔日本のオーサカに住んでてん。知ってる？」

「はあ。日本語お上手ですね」

なんの用だろうと思っていると、彼はようやく本題に入った。

「あんたら、これから海へ出るん？」

「そのつもりですけど、何かまずいんですか？」

「別にまずかないけど、午後から海が荒れそーな気配やね。どうもね。予報じゃそんなこと言うてへんかったって？　ま、船乗りの勘やね」

俺は思わず空模様を窺《うかが》った。ぽつりぽつりと雲は浮かんでいるけれど、快晴そのものだ。

「えーよえーよ。聞き流して。俺の本音はこっち。別嬪《べっぴん》ぎょうさん引き連れくさってからに、兄ちゃん碌《ろく》な死に方せんで！」

そう言って船乗りは豪快に笑った。

「ご忠告ありがとうございます。でも、どうしても行かなきゃならないんです」

「さよか。ほたら、ええ船旅を……と言いたいところやけど、さっき北西へ向かう言うてたな？　なら途中の海域には要注意やで。特にアクアリオ島のあたりは」

「何かあるんですか？」

「あのあたりは昔から海難事故が多いねん。なんせセイレーンの住処《すみか》……やからな」

「セイレーン……？　それって、歌声で船を誘《おび》き寄《よ》せて沈没させてしまうとかっていう……あのセイレーンですか？」

ファンタジー系の映画かゲームで名前を聞いたことがある。

セイレーン。その言葉を口にするとき、船乗りは大袈裟《おおげさ》に身震いする素振りを見せた。

「じいさんからよう聞かされたわ。おっかない昔話や。とにかく、小島にポツンと建つ館が見えてきたら充分に気をつけなはれや」

やがて準備は整い、俺たちを乗せた船は景気よく港を離れた。親切な船乗りに手を振り、沖へと向き直る。

フィドが船首に立ち、「あっちだ」と示すようにワンと吠《ほ》える。

「わん！」

ついでに何故《なぜ》かゆりうも吠えた。

凪は穏やか、視界は良好。

「これで何かが起きるとは思えないね。ましてや事故だなんて……まさか、な」

で――俺達《たち》の船はご期待通りに沈没したというわけだ。
□

断絶されていた意識が戻った瞬間、俺は盛大に水を吐き出し、大きくむせた。

「ゲホッ！　ゴホッ！　う……？　こ……ここは？」

かたわらにはリリテアがいて、俺の顔を覗《のぞ》き込《こ》んでいる。

「お気づきになられましたか、朔也《さくや》様」

「ああ……。確か、船に水が入ってきて……それから……」

「なんとか沈没は免れました。ここは近くに発見した島です」

「島……」

「小さな孤島のようです。私達はここへどうにか停泊することができたのです」

俺の体は滑らかな岩場の上にあった。

「朔也様は船から転落されたのですよ。ですが、無事に見つけることができてよかったです。海岸沿いを歩いてずいぶん探したんですよ」

激しい波が絶えず岩場を打ちつけている。

風が出始めている。見上げた雲の流れはさっきよりも早くなっていた。

「俺、死んだのか？」

「いいえ。よほど運がよかったのでしょう。岩場に打ち上げられたことで一命を取り留めた模様です」

「助かったのか……珍しい」

自分で言ってて悲しくなる。

「人工呼吸の必要もなく、息はありました」

「人工呼吸」

それは死んでいたらやってくれたということか？　でも俺の場合、たとえ死んでいても勝手に生き返るから必要ない。

「皆は？」

「皆様ご無事です。今頃は館を訪ねている頃でしょう」

「館？　この島には人が住んでいるのか」

「船着場から少し離れた場所に立派な建物が見えたのです。空き家とも思えませんでしたので、助けを求めようということになりました」

「助け……」

「船底に穴が空いてしまいました。修理するにも道具を借りる必要が」

「そういうことか」

「そこで二手に分かれまして、私は朔也《さくや》様を探しに、皆様は館を訪ねに――という状況でございます」

「ありがとう」

多少よろけながら岩場の上に立ち上がる。たっぷりと海水を吸い込んだ洋服が重い。

「嫌な予感が当っちゃったな」

やっぱり船は碌《ろく》なことがない。

俺達《たち》の背後には広大な地中海が、そしてこれから向かう先には見知らぬ荒れた島が広がっていた。


地中海。この美しい海は古代から様々な文明の交易を支えてきた。

ナポリ、マルセイユ、アレクサンドリア。不安定な風向きをものともしなかった人々の歴史が、今も残る沿岸の古い都市に刻まれている。

地中海性気候は夏の雨が少なく乾燥している。台風と湿気に悩まされる日本人にはなんとも羨ましい環境だ。

「朔也様、今朝読んでいた旅行雑誌の受け売りはもう結構ですよ」

「だな。雑誌にはいいことしか書いてないいんだ。時間とお金の有り余った人を誘《おび》き寄《よ》せるような美辞麗句ばかりで」

「天候が荒れてきました。あの船乗りさんの忠告は真実でしたね」

リリテアに案内されて島の小さな丘を登ると、少し離れた場所にその建物が見えた。こちらを圧倒するような大きな三階建ての洋館で、それが二棟並んで建っている。

その他に人家のようなものは見当たらず、反対側の海岸が見えた。ここはかなり小さな島のようだ。

「なるほど、かなり古めかしいけど、確かに立派な館だ……ん？　小島に建つ館……？それってもしかして」

「ここが話に聞いたアクアリオ島なのかもしれませんね」

館は海辺ギリギリに立っていて、周囲は石垣に囲まれている。

「見ろよリリテア、石垣になんだか可愛《かわい》らしい落書きが描いてあるぞ。小さな子供でもいるのかな」

チョークなのかクレヨンなのか俺の目には判別がつかなかったけれど、石垣にはおぼつかない線で人や魚や動物の類《たぐい》が延々と描かれていた。

そのまま石垣沿いに回り込んでみると、二棟の館から少し離れた場所にまた別の小さな建物が見えた。

館よりは多少新しく見えるけれど、海風にさらされたその小屋はずいぶん色褪《いろあ》せている。

石垣の一部が途切れてアーチ状の門のようになっており、そこから砂浜沿いに簡単な小道が続いている。それを見るに、あの小屋も館の一部で、離れのようなものなのかもしれない。

なんて観察をしているうちにいつの間にか館の入口の前に来ていた。

正面から見ると館は中央の入り口を起点として、腕を広げるように左右に伸びていた。

見上げると三階まであり、屋根は苔《こけ》のような深緑色をしている。

そうして足を止めて眺めていると、前方からカメラのシャッター音が連続して聞こえた。

音のした方へ近づいてみると知らない男が一人、石垣の上に登ってカメラを構えていた。

プロ仕様の大仰なレンズが付いた一眼レフだ。

「あの……この家の人ですか？」

恐る恐る声をかける。

けれど男はカメラを覗《のぞ》いたままこっちを見もせず、シャッターを切り続けていた。

「えー？　何か言った？」

返答は英語で返ってきた。

「何をして……。こんにちは《ハロー》」

日本語で話しかけてからすぐに思い直し、こちらも英語に切り替える。

「やあ、こんにちは」

よかった。ちゃんと通じた。

小さい頃から親父《おやじ》に連れられて何度も海外へ行っていたので、英語ならなんとか話せる。

かと言って学校のテストでいい点を取れるというものでもないけれど。

「何を撮ってるんですか？」

「あれだよあれ」

男が軽く顎で示したのは館の外壁だった。

「不思議だよねー。なんだろうアレ。変な飾り。あとで訊《き》いてみよう」

男の言う通り、よく見ると外壁の途中にヘンテコなオブジェがついていた。

見たところ鉄製で、まるで槍《やり》か銛《もり》のように壁に突き立てられている——というより、壁・から切っ先が突き出ているように見える。

そんなヘンテコな物が、壁にいくつもついていた。

「何か意味があるのかねー」

そう言うと男は満足したようにカメラを下ろし、石垣から飛び降りた。男の履く赤いトレッキングシューズが足元の野草を踏みつける。

小柄な男だったけれど、浅黒く日焼けした体はなかなか引き締まっていて健康そうだ。

「待たせたね。俺はハービー。写真家なんだ。見ての通りね」

「写真家さん……。この家の人じゃない？」

「残念ながら違うね。いつかこんな広々とした館に住んでみたいもんだけど。ところでキミ、誰？　えらい別嬪《べっぴん》さん連れてるけど、観光……には見えないな。第一ここはそういうのとは無縁の島だ」

「はあ、いろいろ事情がありまして」

「そう。確かに事情は誰にでもあるよな。ああ、館の人なら中にいるよ。訪ねてみるといい。それじゃ」

ハービーはさっさと会話を切り上げると、俺たちがやってきた方向へ歩いて行ってしまった。撮影を続けるつもりらしい。

館の玄関扉の方へ近づいてみるとそこにベルカが立っていた。

「あー！　よかったー！」

ベルカはこちらの姿を目に留めると泣き笑いの表情を浮かべた。

「生きてた！　サクヤ生きてたー！　リリテア、無事に見つけたんだね！」

ベルカの声から遅れること十秒、わずかに開いていた扉からのそっと顔を出したのはフィドだ。

「騒ぐなベルカ。そいつは死んでも死なないんだからそりゃ生きてるだろうさ。むしろ海へ落ちた後、俺達《たち》と同じ島に流れ着いたことの方を喜ぶべきだ」

相変わらずフィドは冷静そのものだ。

「先生、小言は後で！　ほら二人とも中へ入って。この館の人にはもう話は通してあるからね」

扉から中へ入ると、そこに玄関ホールが広がっていた。

ホールの左右には緩やかなカーブを描いたサーキュラー階段が上階へ伸びている。

それから中央には時代がかったエレベーターがあった。映画やドラマで見るような、扉が金属製の格子になっているやつだ。

壁は沈んだような灰色で、所々傷んでいるものの不潔な印象はない。

「うわ」

そのまま壁に視線を這《は》わせていて思わず声が出た。

壁にもたれた女。口に水を注がれる子供。荒野で別の道へ進もうとしている男達《たち》。空を飛ぶ魚――。

絵だ。壁に様々なモチーフの絵が飾られている。

立派な額縁に納められた絵が一枚、二枚、三枚――。

「な、何枚あるんだ？」

その枚数は簡単には数えきれない。

そして左右の階段の中央、扉を背にして真正面の壁には特に異様な絵が飾られていた。

縦横数メートルはある巨大な絵画だ。

「すごいな」

思わずすごいと言ったのは何もその大きさのことじゃない。描かれた絵そのものに圧倒されたからだ。

いくらかくすんだ青い海に幾艘《いくそう》かの小舟が浮かんでいる。波はまるでガラス細工みたいなタッチで表現されていて、綺麗《きれい》というよりは異様だった。

絵の中央には色の白い女。その感情は窺《うかが》い知《し》れない。顔に表情というものが込められていないからだ。ただ目を見開いてぼうっとこちらを見ている。

描かれている女は──人じゃないのかもしれない。なぜって、女の脚は人のそれではなく魚の形をしているからだ。胸元や腰元は妙に肉感的に描かれている。

今までに見たことのない絵だ。

俺には油絵だとか抽象画だとか、何派だとかいう難しいことは分からない。でも、その絵には不思議な説得力──いや切迫力があった。

怖い──けれど厭《いや》ではない。

「人魚の絵……か」

「セイレーン」

突然声がしたので驚いて振り返ると、階段脇のドアの前に女性が立っていた。

いかにもメイド然とした格好をしていて、褐色の肌とキリッとした眉が印象的だ。スペイン系の人だろうか。

「それは人魚ではなくセイレーンなのです」

「セイレーン……ですか」

またセイレーンだ。あの船乗りの男も言っていた。

「このあたりの海に昔から言い伝えられている伝説上の生き物ですよ。多くの場合、セイレーンは上半身が女性で、下半身は鳥だと言い伝えられていますが、この地方では下半身は魚だったと言い伝えられているんです。この絵はその姿を写しとったと言われています。壮麗かつ暗示的な絵でしょう？」

女性は絵を背にしたまま俺たちの方を向き、淀《よど》みなく説明した。芯のある落ち着いた声も手伝って、優秀な観光案内でも聞いているみたいだった。

「ところでお友達が見つかったみたいでよかったですね」

どうやらこの家の人らしい。年齢は二十代半ばくらいだろうか。外国の女性は見た目から年齢を測るのがちょっと難しい。

「私はウルスナと言います。ここで給仕《メイド》かつ家庭教師《プレチエツトーレ》をしています」

近づいてみるとウルスナさんは俺と同じくらいの背丈で、余裕のあるメイド服に身を包んでいてもなお伝わってくるほどにはプロポーション抜群だった。

「追月朔也《おうつきさくや》です」

「事情はそっちのワンちゃんを連れた女の子から聞いています。暗礁に乗り上げたとか。この辺りの海では多いんです。年に何隻も沈んでしまうんですよ。でもあなたはこうして助かった。不運かつ幸運でしたね」

かしこまった話し方ではあるけれど、それでいて壁を感じさせない物腰が好印象だ。いい人そうでよかった。

「船の修理をするんでしょう？　その間どうぞこの館を使ってください。お嬢様には私から伝えておきましょう」

「それは助かります。……お嬢様？」

「私の主人です。今は寝室でお休みになられています。きっと来客が重なって気疲れなさっておいでなんでしょう」

「それは、急に押しかけてしまってすみません」

頭を下げると、ウルスナさんは大きなジェスチャーで肩をすくめて見せた。

「いいえ、違うんです。来客というのはあなた達《たち》のことではなくて……まあ、後で分かりますよ。とにかくゆっくりしていってください。空き部屋だけは浜辺の貝殻の数ほどありますから。昼食ももうすぐできます」

「え？　ランチ？　ぃやったー！　ベルカ、飯ひとつでアホみたいに騒ぐな。えー、でもボク、騒ぎたくなるほどお腹《なか》が減ってるんだよ」

落ち着きどころを確保できたと分かるや否や、フィドとベルカがいつものやりとりを開始する。なんとなくそれでこっちも調子が戻ってくるから不思議だ。

「ふふふ。そっちのベルカさんは面白い特技を持っているんですね。賢いワンちゃんにもちゃんとご馳走《ちそう》を用意しますからね」

そういう遊びだとでも解釈したのか、ウルスナさんはベルカとフィドの会話を聞いても驚いたり顔を顰《しか》めたりしなかった。

「思わぬ寄り道になっちゃったな、リリテア」

「構いません。リリテアは朔也様の助手となることを決めた日から、とうに覚悟を決めておりましたので」

「覚悟って、なんの？」

「もちろん、波瀾万丈《はらんばんじょう》、愛と謎めきの日々を送る覚悟――でございます」

「……そのセリフ、まだ覚えていたのか」

「忘れはしません」

そう言ってリリテアは、鮮やかな色の瞳を際立たせるみたいにパチクリと瞬《まばた》きをしてみせた。

「みなさんの部屋は二階に用意します。昼食まではそこで待っていてください」

ウルスナさんがよく通る声でそう言い、階段を指す。

その階段の上に、毛布のオバケが立っていた。

「うわ！」

思わず声が出てしまう。

頭から毛布を被《かぶ》り、両手にも大量の毛布を抱えている。一体何者？

毛布オバケは階下の俺を目に留めると、転げ落ちそうなスピードで階段を駆け降りてくる。

その勢いでかぶっていた毛布が外れると、その下からなんとも愛嬌《あいきょう》のある笑顔が飛び出した。

「師匠！　生きてたんですね！」

「なんだゆりうちゃんか。オバケかと思った」

「くぅうん！　そいつはこっちのセリフですよ！　師匠が海に落ちちゃった時はもうおしまいだーって思ったけど、さすが師匠！　もはや不死身と言っても過言ではないですね！」

「俺は不死身なんかじゃないよ。ところでその毛布は……」

「あ、この毛布ですか？　師匠を探しに行く役目はリリテアさんに譲ったので、せめてベッドメイクを手伝って存在感を示そうかと……」

「泊まる気なのか」

「え？　違うんですか？　あたしはてっきりみんなでドキドキのお泊まりかと思ったんですけど」

「ゆりうさんの言う通り、今日中に船を直すのは難しいと思います。一泊していただく準備をしておきますよ」

ウルスナさんにそう言われては仕方がない。

「何から何まですみません。それじゃお言葉に甘えて部屋で休ませてもらおうか」

皆にそう提案しながら何気なく窓から外を見ると、いつの間にか雨が降り始めていた。

「いよいよ天気が崩れてきたな……」

窓の外の空はすっかり灰色に染め上げられている。

「本当に嵐が来るのかもしれません」とリリテアが言うと、ウルスナさんが神妙な面持ちを浮かべた。

「こんな空模様は滅多《めった》にないですよ。嵐だなんて。雨戸を閉めておいた方がいいかしら……」

「そう言えばハービーさん、表を出歩いていたけど、大丈夫かな？」

さっきの写真家のことが気になって何気なくその名を口にすると、途端にウルスナさんが眉を吊《つ》り上《あ》げた。

「お会いになったんですね？　でも放っておけばいいんですよ。困った男」

「その、彼はどういう人なんですか？」

「見ず知らずの写真家ですよ。世界中の海や島を撮って回ってるんだとかで、今朝いきなり他所《よそ》の島の漁船に便乗してここを訪ねてきたんです。このアクアリオ島の写真を撮らせろと」

港で漁師が言っていた島の名だ。やっぱりここはアクアリオ島で間違いないらしい。

「名義上、現在このアクアリオ島はお嬢様の私有地なんです。小さいですけれどね。それをあの男はああして好き勝手に撮り回っているんです。珍しい珊瑚礁《さんごしょう》でもあるのかどうか私は知りませんけれど、しきりにあちこち撮り歩いて、ずっとあの調子です。出ていきなさいと言っても聞かないんですよ。まったくどうしたものでしょうね、ワンコくん」

そう語りながらウルスナさんは自らの心を静めるようにしゃがみ込み、そこにいたフィドの背を撫《な》でた。フィドは迷惑そうな顔をしていたけれど、好きにさせていた。

通されたゲストルームは二階の角部屋だった。

「朔也《さくや》さんはこちらの部屋を使ってください」

他の皆はすでにウルスナさんの案内でそれぞれの部屋へ案内された後で、順番的に俺が最後だった。

「ありがとうございます」

「何か足りないものがあったら遠慮なく言ってください」

「充分ですよ」

「ではまた後ほど」

そう言ってウルスナさんが踵《きびす》を返した時、彼女のエプロンのポケットから何かがひらりとこぼれ落ちるのを見た。

「あ、ウルスナさん、何か落ちましたよ」

それを拾い上げて呼び止める。

彼女が落としたのは透明なビニール……の切れ端のような物だった。

それも、赤い色付きのヤツ。

「あ！　すみません！」

落とし物に気づくなり、ウルスナさんは恥ずかしそうに俺の手から切れ端を受け取る。

「それ、なんなんですか？」

　単純に気になる。

　彼女はなぜか躊躇《ためら》いがちにもじもじとしていたが、やがてこちらに体を寄せて囁《ささや》いてきた。

「あの……これは…………」

　吐息が耳にかかる。

「二人だけの秘密ですよ？」

　急になんだなんだ？　え？　これどういう状況？

「これ、街で買ってきた装飾用のカラーシートなんです。明日はお嬢様の誕生日なので、驚かせてかつ喜ばせるために内緒で飾りつけを作っていたんです」

「ああ、そういう……」

「午前中に自分の部屋で型を切り抜いたりして準備していたんですよ。ほら、魚やウサギや鳥の形なんかに。それで出た切れ端を後で捨てようと思ってポケットに入れたまま忘れていました」

「お嬢様を喜ばせてあげようと頑張ってるんですね」

「はい。それはもう……。明日は食堂の窓に飾りを貼り付けて盛り上げようと前々から密《ひそ》かに計画していたんです。それなのに、このタイミングで来客が……」

「え？」

「あなた達《たち》のことではないですよ！　ほら、見てください。これ、赤、青、黄色……色とりどりです」

ウルスナさんは小さな赤いビニール片を片目に当てて見せる。

「サプライズだから、ここだけの秘密……ですか」

「はい。くれぐれも」

そう念押ししてから彼女は俺から体を離し、一階へと戻って行った。

残された俺は少しの間、ドアの前で突っ立っていた。

「…………大人の香り」

思わず声が漏れる。

何を言ってるんだ俺は。部屋に入ろう。

と、ドアノブに手をかけた時、真正面の部屋のドアの隙間からフィドがぬっと顔を覗《のぞ》かせていた。

目が合った瞬間、ドアは閉ざされた。

いつから見てた!?

やましいことは何もないけれど、無性に恥ずかしい。

俺は逃げるように部屋に入った。

「お、広いな」

思っていたよりもずっと広くて驚いた。たっぷり十二畳はありそうだ。

ドアの鍵は簡単な掛け金で閉めることができるタイプ。鍵穴があったので外側からもかけることができるみたいだったけれど、特に鍵は渡されなかったので普段は使ってないのだろう。

目に付く家具はベッドと空の棚くらい。部屋の中央やや左側の位置に柱が立っていて、それがおしゃれなアクセントになっている。

そのそばの台の上に古めかしい電話が備え付けられていた。

俺は無言で受話器を取って２１１を押した。呼び出し音が鳴る。

やがて相手が電話を取り、通話が始まった。

『どなたですか？』

「追月朔也《おうつきさくや》は預かった。無事に返して欲しければ今後はもう少し朔也に優しい言葉をかけてやれ」

『……交渉の余地はないのでしょうか？』

「そ、そんなに嫌なのか。では百歩譲って、日頃何かとお疲れの追月朔也を労《ねぎら》うために是非とも語尾を『はみゅ』に――」

『話になりません。交渉は決裂です』

「ま、待ってくれ。もう少し話を――」

通話が一方的に打ち切られてしまった。

最後は立場が逆転していたような気がするけれど、とにかくこれで部屋同士を繋《つな》ぐ内線用の電話だと確認ができた。

できたけれど、代償が大きすぎる気がする。

改めて部屋の内装に目を通す。床は昔ながらの板張りで、その上に分厚い絨毯《じゅうたん》が敷かれている。壁の色は気分の落ち着くグリーンに統一されていた。

と、これだけならいかにもありそうな『洋風のお屋敷の一室』という印象で終わっていたのだけれど、一部無視できない構造というか、趣向が施されていた。

左側の壁に窓があるのだが、なぜか洋風らしからぬ丸窓がついていた。直径は一メートル程度。透明ガラスがついているが、開閉できないようにはめ殺しになっている。

「これは……おお」

奥にはてっきり別の部屋があるのかと思ったのだけれど、覗《のぞ》いてみると実際には壁の一部が窓の形に五十センチほどへこんでいるだけだった。

とは言え、俺もそれだけで声を上げたりしない。

「月……」

奥の壁には月の絵が飾られていた。

それは玄関ホールに飾られていた多数の絵とはまた違って、とてもシンプルだった。

とは言え、なんの変哲もないとは言い難《がた》い。

なぜならその月はオレンジ色で描かれていたからだ。

その上、背景は真紫というトリッキーさだ。

「これがアート……ってやつなのか？」

見る目がなくて申し訳ないけれど、俺にはよく分からない。

月の絵は額縁にも入れられておらず、キャンバスが剥《む》き出《だ》しの状態だった。

この窪《くぼ》んだ空間が額縁そのもの、ということだろうか。

ゲストルームにわざわざこんな趣向を凝らすなんて、これも客人へのおもてなしの精神なんだろうか？

「他の部屋もこんな感じなのかな？」

ウルスナさんの配慮によって俺達《たち》にはそれぞれ部屋が割り当てられていた。

俺は北の角部屋の２１０号室。左隣の２１１号室はさっき電話をかけた通り、リリテアがいる。廊下を挟んで正面の２０９号室はベルカとフィド、その左隣の２０８号室はゆりうという具合だ。

普通の家の部屋はこんな風に番号を割り当てたりはしない。元々はホテルか何かだったのかもしれない。

入り口から見て正面にカーテンの引かれた窓がある。隙間から外を覗《のぞ》いてみると、別棟がすぐ目の前に見えた。あちら側に人の気配は感じられない。

部屋が余っていると言ったウルスナさんの言葉は、決して大袈裟《おおげさ》な話ではなかったのだ。

これだけの部屋数にも拘《かか》わらず、通されたこの部屋からは埃《ほこり》っぽさを感じない。普段から掃除が行き届いている証拠だ。

「ウルスナさん、働き者なんだな」

感心していると、ドアがノックされた。ドアを開けるとそこにリリテアが立っていた。

「お邪魔します…………はみゅ」

「え？」

「は？」

睨《にら》み返《かえ》された。

頑張ってサービスしてくれた、のかなあ？

とりあえず助手を部屋に招き入れた。

「やはりこちらのお部屋も同じような構造でしたか」

リリテアは己の失態による動揺をごまかそうとするみたいに部屋を見渡して言った。

「そっちも同じか。変わった部屋だよな」

「私の部屋の壁はピンク色をしておりました。窓も同じで、描かれている絵もやはり月でした。ただし色は白で形は三日月です」

「それぞれ月の種類が違うのか。部屋ごとに十五夜の月を表しているのかな？」

「部屋数は優に十五以上あるでしょうから、形は同じでもランダムに色が変わっていたりするのかもしれませんね。いずれにせよ興味深い趣向です」

「この丸窓の方は……和洋折衷って言うのかな？　海外……特にヨーロッパの芸術《アート》好きの人の中には日本の芸術や文化を好む人が多いって聞いたことがあるけど、その類《たぐい》かもね」

「アート好き、ですか」

「だってそうだろ？　玄関ホールのあの大量の絵！」

あれで芸術関連に興味なしと言われたらそっちの方が驚きだ。

「朔也《さくや》様、あの絵から察するにこの館の主人は……」

「何？」

「いえ、それよりも、この島はどうやら電波が届いていないようです。気象情報を調べたかったのですが……」

「ああ、俺もさっきスマホを確かめてみたけどダメだったよ」

そう言ってスマホをベッドに放る。海に放り出された時、大切な荷物はトランクの中にまとめていたので水没や紛失は免れていたけれど、ネットも電話も繋《つな》がらないんじゃ宝の持ち腐れだ。

「後でテレビかラジオをお借りできないかウルスナさんに訊《き》いてみましょう」

その時、再び部屋のドアが叩《たた》かれた。

俺はドアに顔を近づけ、向こう側の相手に向かって問いかけた。

「今何時？」

「午後一時」とベルカの声。

「今汝《なんじ》？」

「だから一時だってば。いいから早く開けてよー」

おい、合言葉はどうした。

ドアを開けると、ベルカとフィド、そしてゆりうがゾロゾロと入ってきた。

「や。サクヤ。なんだか落ち着かなくって来ちゃったよ」

ベルカは心なしか不安そうな表情だ。

「なんだ、この館の雰囲気にビビってるとか？」

「ノー。勇敢な探偵助手をみくびってもらっちゃ困るよ」

「あ、そう。そうだ、ベルカ、それにフィドも、言うのが遅すぎるとは思うけど、ごめん」

「え？　何のこと？　先生分かる？　知らん。お前の額にこっそりナマコの落書きでもしたんじゃないか？　え⁉　いつの間に⁉　嘘《うそ》だ。ちょっと先生！」

「いや、その、こんな大変な旅に巻き込んじゃって」

「なんだそんなことか。本当になーにを今更、だよ！　サクヤ！」

そう言って改めて頭を下げると、ベルカがじゃれるように俺の背中に飛び乗ってきた。

「水臭いよ！　友達だろ？」

「ベルカ……ありがとう。さっき海に落ちたばかりだからな。確かに水臭かったかも」

彼女の行動には驚かされたけれど、その明るさに心が少し軽くなったような気がした。

「フン。友達になった覚えはないが、こっちも乗りかかった船だからな」

フィドがペロッと舌を出す。

「てなわけで、落ち着いたらその乗りかかった船の修理をせにゃならんな。できれば明朝

にでも出発――といきたいところだが」

「フィドの見立てでは船の様子はどうだった？」

「さてね。直せなくはないが、時間はかかりそうだ」

「そうなんですよ師匠！　もう、大層な大穴で水がこう、ブワーッと！　あたし、あの時は思わずこう叫びましたよ。タイタニック！　あわや！　すわや！　ですよ！」

ゆりうが両手を広げてスペクタクルを訴えかけてくる。彼女なりに怖がっているのだろうけれど、妙なところで余裕も感じる。

「俺も命からがらだったけど、みんなも大変だったんだな。レギンレイヴへの道はなかなか険しいな」

そうして俺は改めて目的地を確認するみたいに声に出してみた。

「……まさかこの事故もシャルディナが財力で起こしたんじゃないだろうな？」

冗談のつもりだったのだけれど、誰も笑ってはくれなかった。

□

それから三十分と待たず、俺達《たち》は食事の場に招かれた。

そこはダイニングルーム……いや、ホールと言って差し支えない広さを持った一室だった。中央には大きなテーブルがあり、程よく使い込まれたと見えるテーブルクロスが敷かれている。

テーブルにはすでに幾つかの料理が並べられていた。どれもイタリアの郷土料理だ。多分。

「えっと……」

俺が物を言おうとした瞬間、表で風がゴウッと音を立てて吹き荒れた。

テーブルには四人の先客がいた。

三人の男と、一人の女。テーブルの向かって右側に並んで座っている。

「なんだ。漂流者だと聞いていたが、子供ではないか」

最初に発言したのは手前に座る初老の男だった。紳士然とした佇《たたず》まいで、丸メガネがし・・・っくりと似合っている。

彼の持ち物だろうか。席の近くの壁にはおしゃれなステッキが立てかけてある。

「それに犬連れだと？　ワシは辛い料理と犬が大嫌いなんだ」

いきなりずいぶんな物言いだ。

ベルカがムッとした表情で相手を睨《にら》む。当のフィドは「ニンゲンが何か吠《ほ》えている」とでも思っているのか、気にもしていない様子だ。

「突然お邪魔してすみません。追月朔也《おうつきさくや》と言います」

「……イヴァン・ザヴァッティニだ」

男はこちらを見ることもなくそう名乗った。

「オーツキ？　その名前、どこかで聞いたことがあるな！」

遅れて俺の苗字《みようじ》に反応を示したのは、イヴァンの隣に座る三十代半ばの細身のスーツ姿の男だった。

ブロンドの髪を後ろに流し、身なりは清潔そのもの。

「確か日本にそんな名前の探偵がいたような！　いや、小説の中のキャラクターだったかな？」

けれどその口調はやたらハキハキしていて、まるで舞台俳優みたいだ。

そんな男にイヴァンが呆れ気味《あきれぎみ》に言う。

「ライル、またお前の好きな探偵小説の話か。困ったものだ」

「好きというほどじゃないよ父さん！　で、朔也君、どうなのかな？」

「俺の父は放浪癖のある単なるダメ人間ですよ。実質無職です」

親父《おやじ》のことや俺達《たち》のことを正直に話してもよかったのだけれど、この旅の目的を思うと、下手に素性を明かすのはまずい。

「俺達、卒業旅行の途中だったんです。な？」

「そ、そうそう！　みんな友達！　スクールメイト！」

ベルカが咄嗟《とつさ》に話を合わせてくれた。

「学生さんか！　それはいい。恋だ！　青春だ！　ライル・ザヴァッティニだ！」

俺達のことを仰々しく称賛すると、ブロンド男はテンポよく名乗り、右手を差し出してくる。

「どうも」

異国の圧に多少面食らいながら握手に応じ、ライルに勧められる形で俺達《たち》はそれぞれ対面する席についた。

ライルはイヴァンの息子らしい。けれど、似てはいなかった。というよりも、そもそも――。

「母さんはイタリア生まれだったんだ。父さんとは留学先のアメリカで出会い、そして大恋愛をした！　そうだよね父さん？」

「冷やかすなライル」

イヴァンが息子を睨《にら》む。

なるほど。どうりで父と息子で風貌が違って見えるわけだ。

と、相手方のことを観察していて気づいた。

こっちがそうしているように、俺達も相手から値踏みされている。視線で分かる。けれどそれは無理もないことだ。こんな孤島に突然東洋の少年や、犬を引き連れた英国の少女が転がり込んできたのだから。

「船が故障してここへ流れ着いたんだって？　それは御愁傷様。でも何か手伝えることがあればなんでも言っ………美しい！」

ライルが気軽に話しかけてくれていたけれど、途中からその視線は露骨に一箇所に注がれていった。

「……うへぁ？　あ、あたしですか？」

誰を見ているのかと思ったら、その相手はゆりうだった。

「驚いた！　仕事柄美しい宝石を飽きるほど見てきて、もう大抵のものには目を奪われない自信があったのに！」

「仕事柄？」

「ああ、ボクは細々《ほそぼそ》と宝石商をやっているんだ！」

「宝石商……ですか」

それを聞いて俺は思わず自分の手を見つめた。

「東洋にはまだキミのようなジュエルが隠されていたんだな！　ミステリアスな瞳をしている！」

「ミ、ミステリ……？」

ライルからのストレートな褒め言葉を浴びている間、ゆりうは机の下で俺の袖を必死につまんでいた。こういうストレートな口説きに慣れていないのかな。

「ちょっとあなた、よくもまあ妻の前で堂々と他の女を口説けますこと。節操なし。大体相手はまだ子供じゃないの」

そんな彼を呆《あき》れ顔《がお》で止めたのは、左隣に座る女性だった。胸元の大きく開いたブラウスの上にカーディガンを羽織っている。染めているんだろうか。黒髪がエキゾチックだ。左手の薬指に豪華な指輪が光る。

「カティア。キミを嫉妬させたかったんだよ！　許してくれ！」

ライルとカティアは夫婦とのことだった。

「いつ何時でも仲がおよろしいようで、息子としても嬉《うれ》しい限りだよ」

最後に発言したのは、一番奥の椅子に座る少年だった。年齢は十六、七歳くらいだろうか。サラサラの髪をキッチリ櫛《くし》で梳《と》かして撫《な》でつけてある。目元もよく似ている。

首に巻いたオレンジ色のスカーフが特徴的だ。

「それにしても、まさかこんな場所に客人とはね。ああ、別に帰れとは言わないよ？　どうぞごゆるりと。異国の方々」

「ドミトリ、失礼だぞ！　思いやりを持てといつも言っているだろう。そんなだから学校で友達ゼロ人記録を樹立してしまうんだ！」

「そんな記録は樹立してないよ父さん」

少年はライルとカティアの息子で、名前をドミトリと言った。目元など母親によく似ている。けれどライルとはずいぶん顔立ちが違って見えるのが気にかかった。

反抗期なのか、普段からこうなのかは分からないけれど、ドミトリは皮肉めいた言動を隠そうともしない。

祖父のイヴァン。その息子のライル。ライルの妻カティア。そして息子のドミトリ。

こうして俺達《たち》はザヴァッティニ一家の晩餐《ばんさん》に招かれる形となった。

「ねえ、もう食べていい？」

俺達をからかうことに飽きたのか、ドミトリが焦《じ》れたように目の前の皿に手をつけようとする。

「待ってください。まだお嬢様が……」

そんな彼をウルスナさんが止めようとした時、遅れて扉がゆっくり開いた。

「遅れてごめんなさいっ」

現れたのは一人の小柄な少女だった。部屋から急いで来たのか、息を切らし、その顔は幾分赤らんでいた。

なるほど。この子がウルスナさんの言っていたお嬢様か。

年齢は十五か十六歳くらいだろうか。あどけなさを多分に残しているけれど、顔立ちは息を呑《の》むほど整っている。

華奢《きゃしゃ》な体を包むブラウスはシンプルだけれど、代々受け継がれてきたようなヴィンテージな風合いがある。

また、長く繊細な髪は美しく結われ、まるで芸術品みたいだった。

「さあお嬢様、どうぞこちらへ」

ウルスナさんが食卓までお嬢様を押していく。

そう――お嬢様は車椅子だった。

少女の足元はロングスカートによって慎《つつ》ましく隠されている。

「あれっ？　あっあっ。待ってウルスナ。知らない人がたくさんっ」

「そうなんですよ。さあ」

　席の前に到着するとお嬢様は腕を使って車椅子から上座の席に移った。慣れた動作だ。

「ルシオッラお嬢様、言ってくだされば私がお運びしますのに」

「いつも言ってるでしょ。ルゥはこれくらい自分でできるの」

「ああ……毎日お嬢様を抱き上げて体重と体格の微細な変化を感じ取りたいのに」

「感じ取らないで！」

　二人の間でそんな軽口が飛び交う。とは言え、実際にはイタリア語での会話だったのでこっちは雰囲気で感じ取っていただけだ。

　けれどそのやりとりを聞くに、お嬢様の車椅子生活は一時的なものというわけではないらしい。

「それで、その、この人達《たち》はどなた？」

「ご覧の通り、今日は珍しく嵐になりそうです。ですからお嬢様が怖がらないように、こうしてたくさんの人が遊びにきてくれたんですよ」

「本当!?　パーティーなの？　でも知らない人よ？」

　もちろんウルスナさんの言葉は嘘《うそ》だ。それに対してお嬢様は本気なのか粋に話を合わせて楽しんでいるだけなのかは分からないけれど、見る限りは嬉《うれ》しそうにしている。

「追月朔也《おうつきさくや》です。日本から来ました。これでもう知らない人じゃないね」

彼女の様子がいじらしく思えて、気づけば俺は席を立って挨拶をしていた。

でも、我ながらちょっとキザだったかな？

と思うのと同時に、リリテアが隣から俺にささやいた。

「格好をつけましたね、朔也《さくや》様」

すぐに見抜かれてしまった。けれどリリテアの表情は好意的だ。嬉《うれ》しそうと言ってもいい。

「私はリリテアと申します。突然の来訪をお許しください。船で別の場所へ向かう途中だったのですが、難破によりやむを得ず助けを求める形となってしまいました」

俺が小さな感動を噛《か》み締《し》めている間に、リリテアもそつなく自己紹介を終えた。

続けてゆりうとベルカも簡単な自己紹介をしていく。

それを受けてお嬢様も健気《けなげ》に自己紹介をした。

「は、初めて会います。我が家へ来てくれて感謝です」

こちらの英語に対してお嬢様も英語で対応してくれた。英語は俺と同じくらい不慣れな様子だけれど、その辿々《たどたど》しさが一層彼女のかわいらしさを強調していた。

「ルゥの名前は……じゃなくて、私の名前はルシオッラ・デ・シーカです。ルゥって呼んで、お願い」

お嬢様改めルシオッラの挨拶は突然の訪問者への不安と期待、そして気恥ずかしさの混ざった愛らしいものだった。

「デ・シーカ？　あれ？」

その姓を耳にして、俺は反射的に声をあげてしまった。

「苗字《みょうじ》が違いますね」

イヴァンをはじめとして目の前の一家はザヴァッティニと名乗っていたのに。

「ああ、その点の説明がまだだったな！　我々はこの館に住む一族の遠縁にあたる一家なんだ！」

「そ。血縁を訪ねて遠路遥々《はるばる》こんな何もない孤島までやってきたってわけ」

ライルに続いてドミトリが言う。

「だいたいキミ、顔立ちを見て分からない？　そっちのお嬢様はイタリア系、ボク達《たち》はロシア系」

言われてみると確かにそうだ。

「私にはイタリアとロシアの血が混ざっている。従って息子も二つの民族の血が混ざっている」

「そうでしたか。国際色豊かですね」

と、調子良く返したものの、実はよくわかっていない。外国の人の顔立ちをパッと見てどこの国とどこの国の民族の血が混ざっているかを即座に判断できるほど、俺はまだ世界を渡り歩いていない。

「あれ？　それじゃルゥの他のご家族は？」

ベルカが素朴な疑問を口にする。と言うか、早速ルシオッラのことを愛称で呼んでいる。

「七歳まで、父様と母様と三人でオーストラリアの田舎に住んでた。母様は二度目の結婚だったけど、幸せそうだった。というわけで、二人ともルゥが小さい頃に死んだ」

あっさりそう言われて俺達《たち》は一瞬何の反応も示すことができなかった。

「車の事故。ある朝、あっという間にルゥの前からいなくなった。その朝からルゥの居場所、お家《うち》なくなった。それ、見かねたお祖父様《じいさま》がルゥのこと、ここへ引き取った、の」

ルシオッラは昨日見た映画のあらすじでも語るみたいに、淡々と自分の半生を聞かせてくれた。

「だけど今年の始まったばかりの時、お祖父様もお亡くなりになって、今はルゥとウルスナ、二人だけ。暮らし」

「あ……そうなんだ。ボク……なんかごめんね……ごめんよ」

デリケートな返答にベルカはしおしおと肩を窄《すぼ》めた。

「この広いお館に二人暮らしですか。島に他の人は住んでいないんですか？」

「このアクアリオ島には他に誰も住んでいません」

ゆりうからの質問にウルスナさんが答える。

「昼間の明るい時間に島を見て貰《もら》えば一目瞭然かつ明らかです。あるのはこの館と畑、それから小さな牧場くらいのものですよ」

「不便はないんですか？」

「ご心配ありがとうございます。ですが島には所有の船があって、私は船舶免許を持っています。月に一度パレルモまで買い出しに出かければそれで生活には困らないというわけです。私とお嬢様が二人で静かに暮らしていく分には」

なるほど、そういう生き方もあるのかと納得してしまう。

「というわけで全員揃《そろ》ったことですし、慎《つつ》ましやかながら午餐《プランソ》と参りましょう」

料理が冷めてしまいますとウルスナさんは言う。確かにそれは大問題だ。

けれど、全員揃ったと言われて一つ思い出した。

「そう言えばハービーさんを呼ばなくていいんですか？」

「いいんですよ。食事の時間は事前に伝えておきました。それなのに好き勝手歩き回って戻ってきもしないんだから、食べたくないのでしょう」

ずいぶんと嫌ったものだ。

ハービーという男のためにこれ以上踏み込んで粘る義理もない。実際、こっちも腹ペコ。我慢の限界だ。

「それじゃ遠慮なく、いただきます」

料理の前で両手を合わせると、ゆりうとリリテア以外の全員から珍しそうな目で見られた。日本式を初めて見たらしい。

「いただきますっ」

「じゃあボクも！　いただきます！」

ゆりうが続き、さらにそれを見てベルカが無邪気に真似《まね》をした。

二章　ボクをもっと大事にするべきだ

食事をご馳走《ちそう》になった後、俺達《たち》はすぐに島の小さな船着場へ向かうことにした。もちろん船の修理に取り掛かるためだ。

けれどそれは実現しなかった。その時すでに島は嵐の只中《ただなか》にあって、とても修理に取り掛かれるような状況じゃなかったからだ。

それで結局、天候を見守る他ないということになって、手持ち無沙汰になった俺達は館一階のラウンジで過ごさせてもらうことにした。

ザヴァッティ一家は食事後早々にそれぞれの部屋へ戻っている。

ライル、カティア、ドミトリの親子は二階南側の部屋をそれぞれ使っている。

唯一イヴァンだけは一階の中庭に面した111号室を使っているという。なんでも彼は膝が悪く、それなら移動の楽な一階の方がいいだろうとルシオッラが配慮したらしい。

時刻は午後五時。日没はまだ遠いけれど、外はどんよりと暗い。

俺達はソファに腰をかけ、寛《くつろ》いでいた。

壁には時代がかった柱時計がかかっている。振り子が揺れているところを見ると、今も使われているらしい。

「ウルスナさんの料理、美味《おい》しかったなあ」

と、声に出すベルカは確かによく食べていた。

「なんなら料理でも習ってきたらどうだ。って先生、それってボクがいつも作る料理が美味しくないってこと？　心外だよ。こないだちょっとだけ手を抜いてドッグフードですませたことを根に持ってるの？」

またフィドとベルカのいつものやりとりが始まった。

「本当に不思議。ワンちゃんと会話ができるなんて」

ゆりうが改めて驚きと感心を噛《か》み締《し》めている。

「と言ってもボクが分かるのは先生の言葉だけなんだ。他の犬とじゃこうはいかないよ」

「それでもすごい！　羨ましい！　でも、いつから分かるようになったの？」

「うーん、先生と出会って、一緒に過ごすうちにだんだんと。最初はボクの勘違いかと思ったんだけど、そうじゃなかった。そのおかげでボクは今こうしてここにいるんだ」

不意にベルカの目が揺らめいた。それはある種の過去を背負った人が見せる揺らめきのように、俺には思えた。

「先生がいなかったら、ボクはあの時とっくに……おいベルカ、カビの生えかかった昔話なんてやめとけ。気が滅入《めい》る」

そんなベルカの言葉を遮ったのはフィドだった。

「……うん」

ベルカは素直に頷《うなず》き、ソファにもたれる。

そんなベルカをゆりう以上の羨望の眼差《まなざ》しで見つめる二つの目があった。ルシオッラだ。彼女は食事の後、一度ダイニングホールから車椅子を押して出て行ったはずだが、また戻ってきたらしい。もじもじとしながらこっちを見ている。

「あ、ルゥ！　おいでおいで！」

ベルカが手招くとルシオッラはパッと表情を明るくして、こっちに寄ってきた。かわいい。

「えと……その、驚異的。動物さんとお話しできるなんて、ベルカ、素敵」

「え、えー？　素敵かなあ？　そおかなー？」

「シィ《うん》。絵本の登場人物……さながら」

「絵本！　ねえ聞いた？　先生聞いたあ？　お嬢ちゃん、もう少しまともな絵本を読んだ方がいい。コラ先生！　ひどいこと言わないの！」

「世界って本当に広い、のね」

ルシオッラの感激ぶりはかなりのものだった。なんとピュアな子だろう。

確かに世界はそれなりに広いけれど、犬と話せる人間は多分他にいないと思う。

「ああ、広いさ。愉快な奴《やつ》らでひしめいてる。例えば、切っても燃やしても蘇《よみがえ》ってくるゾンビみたいなやつとか。だよな朔也《さくや》」

「ははは、フィド！　お嬢様を怖がらせちゃいけないな」

「サク、ゾンビ……見た？　経験あり？」

「ないない！　ところでサクって俺のこと？」

「サクはサク」

なんだかここのところ急激に多種多様な愛称で呼ばれている気がする。でもお嬢様がそう呼びたいのならやぶさかではない。

「もちろんサクでいいよ。でもルゥ、キミはこの島の外にお出かけとかしないの？　旅行とか」

興味を持って尋ねると彼女は少し困ったような顔をして首を振った。

「ルゥはもうずっとこの足、なので……」

そう言ってルシオッラはロングスカートの上から自分の太ももに触れる。

それは彼女が歩けない体であることを暗に指していた。

「でもダメージ、ない。平気。ルゥ、お祖父様《じいさま》が残してくれたこの島好きなので」

以前は通っていた学校も今は行っていないのだという。勉強はウルスナさんが教えてくれているので困ってはいないそうだった。

その場の雰囲気が少しだけナーバスなものになってしまったことを感じ取ったのか、ルシオッラが気恥ずかしそうに言った。

「あの、お部屋……くる？」

「ルゥの？」

「う、うん。……やだ？」

スカートをキュッと掴《つか》む小さな手が印象的だ。緊張の末、勇気を出してみんなを誘ったのだと思うと急激に庇護《ひご》欲めいたものが湧いてくる。

「行く！　もちろん行きます！　ね、師匠！」

ゆりうちゃんを始め、皆も乗り気だったのでお言葉に甘えることにした。

ルシオッラの部屋は一階北側にあるそうで、俺達《たち》は連れ立ってラウンジを出た。そこからなら玄関ホールを横切って廊下をまっすぐに進むだけでいい。

とは言え、距離にするとなかなかのものだった。

いそいそと車椅子を手で漕いでいる。その可愛《かわい》らしいつむじを眺めながらしばし悩んだ末に、俺はこう申し出た。

「押すよ」

車椅子の取っ手を握って補助する。

「あ……りがと」

一瞬戸惑っていたみたいだったけれど、彼女はすぐに身を委ねてくれた。こういうデリケートな申し出は時に大きなお世話になってしまうので少し躊躇《ためら》ったけれど、申し出て良かった。

「これ、オシャレだね！」

それをきっかけにしたみたいに、ゆりうがルシオッラの車椅子を指して言った。

「シィ。お祖父様《じいさま》が昔デザインしてくださった、の」

ストレートに褒めてもらえたのが嬉《うれ》しかったらしく、ルシオッラは照れ臭そうに肘掛けを手で摩《さす》った。

「センスいいなあ。可愛い」

確かにルシオッラの乗る車椅子は医療現場で日常的に見かけるものとはちょっと違っていて、いかにもオーダメイドという見た目だった。

特に趣向が凝らされているのは今まさにルシオッラが撫《な》でている肘掛けだ。滑らかな薄い板が美しい曲線を描いている。

素材はなんだろう？

座席の横にはちょっとしたポケットも備わっている。

何が入っているのかと訊《たず》ねると「花の種とかネジ」という面白い答えが返ってきた。

孤島に暮らす少女にとって大切なものを日常的に入れて持ち運んでいるんだろう。

うん、とりあえず全てが可愛らしい。

「あ、あそこ、ルゥの部屋……だよ」

ルシオッラが「えへええへ」と少々緩んだ笑顔で前方を指差す。

「あそこか。よーし」

「え？　え？」

「捕まってろ！」

俺はちょっと調子に乗って車椅子を押す速度を上げた。

「きゃあ！　速い！」

初めての速度にルシオッラは嬉《うれ》しそうな悲鳴を上げた。


「な、何もないけど……どぞ……」

ドアを開け、ルシオッラは俺達《たち》を部屋の中に招いてくれた。

彼女の部屋は一階北側にあって、中は質素なものだった。

この館のお嬢様だからと言って贅《ぜい》を尽くした部屋で暮らしているわけではないらしい。

例の丸窓と月の絵はなかったけれど、部屋の広さもゲストルームと大差はない。

小さなベッドと机。そして壁際にはライム色をした可愛《かわい》らしいクローゼット。

部屋の奥には窓が一つある。外側に向かって真ん中から左右に押し開く、いかにも洋風のおしゃれな窓だ。そこからあの石垣が見えた。

石垣の手前には庭が広がっていて、そこにはバラやラベンダーの花が目に留まった。

「わあ！　かわいい庭！」

その光景に一番に飛びついたのはベルカだった。案外女の子らしい反応をする。

「お花……いつもルゥがお水を飲ませてる」

ルシオッラが両手で可愛らしく水やりのジェスチャーをする。

「もしも嵐じゃなかったら案内するところ。庭」

「そっか、それは残念だな。あ、鍵、念のため掛けておくよ」

ベルカが窓の真ん中の掛け金を指す。確かに強風でガタガタと揺れているので、一応掛けておいた方が安心だ。

掛け金の位置はそれなりに高くて車椅子のルシオッラでは手を伸ばしても届かない。ベルカはそれを気遣って提案したんだろう。

「ありがと。普段は鍵なんて掛けること、ないので」

なるほど。あんな高さにあって普段鍵の開け閉めはどうしているんだろうと思っていたら、そういうことか。

「確かに。この島は泥棒とも無縁だろうな。仮に船でやってきても、盗んだものより交通費の方が高くついたりして」

「泳いでくれれば無料。でもそんな泥棒さんがいたら、それは物取りさんじゃなくて物好きさん……えへへ」

こっちのジョークに小声で返してくる。

「泳ぎが得意な泥棒さん……オリンピック選手になった方がいい……なんて……えへへ」

ところでさっきからルシオッラの顔はなんというか、ヘニャヘニャに緩んでいる。

ところがそんなルシオッラにリリテアが容赦のない疑問をぶつけた。

「失礼ですがルシオッラ様、もしやお部屋にどなたかを招き入れるのはこれが初めての経験なのでは？」

「はうあっ！」

途端にルシオッラは大きなショックを受けたような顔で固まった。

「人を招く際の部屋のお片付けも不慣れのご様子でしたし、ずいぶんはしゃいでおられるようにもお見受けしましたので」

「ひうっ！」

「リリテア！　気になったからってなんでも聞いていいわけじゃないぞ！　見ろよルゥのこの様子を！」

「も、申し訳ございません。図星を突かれて致命傷を負ってるじゃないか！」

これにはリリテアも珍しく動揺の色を見せた。

「朔也《さくや》もその辺にしといてやれ。お嬢様が虫の息だ」

フィドの言う通り、ルシオッラは顔を真っ赤にして目に涙を浮かべていた。

「い、いるもの……友達《アミーコ》、いるもの」

「そうだよな！　いるよな！　俺達《たち》ももう立派な友達《アミーコ》だ！」

「ホント……？　友達？」

「本当さ！　ボクとフィド先生もね！　アミーコアミーコ！」

「アミーコ！　嬉《うれ》しさがある！」

お嬢様の笑顔を取り戻すのは案外簡単だった。

彼女はこの島が好きだと言ったけれど、やっぱりこの年頃の女の子にとっては孤独のつきまとう生活なんじゃないだろうか。と、そんな風に思うのは都会に住む人間の傲慢だろうか。

「ん？　この写真は……」

　ふと机の上に飾られた写真が目にとまった。そこには背中の曲がった老人と椅子に腰をかけた幼い少女が映っている。

　写真には日付が書かれており、それはおよそ五年前のものだった。

　素朴だけれど味のある写真立ての中、彼らは楽しそうに微笑《ほほえ》んでいる。

「この人、もしかして」

「シィ。亡くなったお祖父様《じぃさま》」

　ルシオッラは特に感傷的になるでもなく、明るく答えた。

　写真立ての横には色鮮やかな珊瑚《さんご》の置物があって、質素な部屋にほのかな色味を与えていた。

「へえ。座っているのがルゥだね？」

　ベルカも興味津々で写真を覗《のぞ》き込《こ》む。が、すぐにその表情が曇った。

　その気持ちはよく分かる。椅子に座る幼いルシオッラの足の様子が……少々ショッキングなものだったからだ。

　写真の中の幼きルシオッラ、彼女の左右の足は、太ももの途中から真ん中で繋《つな》がって一つになっていた。

一つになった足は踵《かかと》のあたりでまたわずかに離れ、つま先は二本の足として左右に分かれている。

それはまるで魚の尾ヒレのようにも見えた。

「シレノメリア、か」

フィドがそこに特別な感情を乗せるわけでもなく、ぽつりと言った。

「人魚症候群とも言われているな」

そっちの呼び名でなら俺にもピンときた。

とても珍しい先天性の奇形だと本で読んだ記憶がある。

探偵たるもの難しい本の一つも読んでおかないと、と医学書に挑戦して一日で音を上げたのはいい思い出だ。

「ルゥは生まれた時からこう。でも人に見せると驚かれる。むしろ怖がら……られたりするから」

ルシオッラは困ったような笑顔でスカートの上から自分の膝をポンと叩《たた》いた。

てっきり事故か何かで歩けなくなってしまったものと想像していたのに。

俺は思いがけず彼女の十字架を見せつけられた気がした。

「ルゥちゃん……」

ゆりうが膝を折ってルシオッラの手に自分の手を重ねる。

きっと生まれ持ったこの足のせいで、ルシオッラは様々なことを諦めてきたのだろう。

外へ出て行くこと、丘や町を駆け回ること、友達を部屋に招いて遊ぶこと。

それは孤島での暮らし以上に彼女を縛ってきたに違いない。

「これっぽっちも怖くない」

「……サク？」

「怖くない。ルゥ、まだまだ甘いね。俺はこれでも探偵だぞ。今まで色んな恐ろしいものを見てきた。だからキミの足くらいじゃ今更驚かないよ」

「怖くない？　全然？」

「全然」

「そう……なんだ」

ルシオッラは甘酸っぱい木の実を口にしたみたいな顔をして、自分の耳たぶを触る。

「……あれ？　ところでサクって探偵さんなの？」

あ、そう言えばまだ言ってなかった。

「実はそうなんだ。まだまだ駆け出しなんだけど」

「そ……そだったんだ」

ルシオッラは目を見開いて俺のことを見上げてくる。

「ど、どうした？」

「びっくりした……。探偵さんって実在したのね。世界って実に、広い……」

それから俺達《たち》はルシオッラの部屋で互いの何気ないことについて言葉を交わした。

ルシオッラについては新たな発見がいくつもあった。

齢《とし》は十五歳。ブロッコリーが苦手なこと。歌と音楽が好きで、ピアノをちょっとだけ弾けること。

「フィド先生、触ってもいい？　接触」

あと、動物が好きなこと。

「もちろん！　ね？　先生！」

車椅子の上から必死に手を伸ばしてフィドの鼻先を撫《な》でる姿がいじらしい。

俺達《たち》一行の旅の目的はルシオッラにも伏せておくことにした。

最初の七人《セブン・オールドメン》と事を構えに行くなんて物騒な話を、この子に聞かせることはない。

「おや？　先生が珍しく心地よさそうだよ。ルゥ、キミはなかなか素質を持ってるね！　オホン、ボクの次くらいには」

「本当？　真実？　えへへ。いつも島にいる動物、観察してるから」

ルシオッラは小さな顔を真っ赤にして照れていたが、やがて「ほぁー」と熱い息を吐いた。

「初めてのこと……こんなに人とお話したの」

「そうなの？」

「ルゥの足のことがなくっても、もともとこの島に……この佇む者達の館《デモニアカヴィラ》に尋ねてくるような人、いないので」

「デモニア……?」

「この館の古い呼び名ですよ」

説明を加えてくれたのは、ウルスナさんだった。彼女はいつの間にか部屋のドアの前に立っていた。すっかり食事の片付けを終えたらしい。

「すっかり仲良くなられて。お嬢様。お友達がたくさんできてよかったですね」

彼女は嬉《うれ》しそうにルシオッラに頷《うなず》いて見せる。

「この調子ならいつか外の学校へ通うようになった時も安心して……」

「無理。ルゥはこんな足だもの。外へ出たって誰とも仲良しになんてなれないわ」

「またそんな後ろ向きなことを。お嬢様はいつも足のことを理由にいろんなことを諦めて……」

「いいの。ルゥはこの島で充分なの」

ルシオッラはプイッとそっぽを向く。引っ込み思案なルシオッラもウルスナに対してだけは気兼ねない態度を取ることができるらしい。

「ところでウルスナさん、佇《たたず》む者達の館というのは?」

「はい。シチリア島の人達が昔からこの館のことをそう呼んでいるんです。私も前任から引き継いでそれほど間がないのであまり詳しくはないんですが、もともとこの館は病院として建てられたらしいんです。病院と言っても、実際は隔離施設のようなものだったそうですが」

「なにせこんな孤島ですから、通常の病院のはずもありません。色々と理由《わけ》ありの患者を一か所に集めて治療かつ管理していたのでしょう」

「どうりで個人が建てるにしては広すぎると思いました」

元はホテルでは、という俺の予想は外れたけれど、全くの見当違いでもなかったらしい。

「半世紀ほど前になるでしょうか、施設は閉鎖され、しばらくは無人だったそうです。佇む者達の館《デモニアカヴィラ》というのは、その頃についた呼び名だと聞いています」

「それにしてもちょっと剣呑《けんのん》な響きの名前ですね」

「お話ししたように、もともとこの辺りの海域では大昔から不吉な化け物セイレーンが出ると言われていました。そこへきて怪しげな隔離施設の廃墟《はいきょ》です。怪談話に拍車がかかったのでしょう。夕暮れ時、廃墟の前に誰かが立っていたとか、恐ろしい歌声が聞こえてきたとか。その上、実際に海難事故も多かったので、どれもこれもセイレーンの仕業に違いないと、船乗りの間では天気の話をするように語られていたようです」

曰《いわ》く付《つ》きというわけだ。

「昔の船乗りたちは胸騒ぎのする日には蜜蝋《みつろう》で耳栓したと言います。それほど本気でセイレーンの気配を感じ、聞こえないはずの歌を聞き、恐れていたのでしょう」

「ウルスナ様、もしやこの館の外壁に取り付けられている無数のオブジェも、そうしたおまじないの一種ですか？」

「隔離、ですか」

「ええ。リリテアさんのお祭しの通りです。あれは海の男が扱う銛《もり》を模したもので、魔除《まよ》けのような役割を持っています。セイレーンはあれの切っ先を恐れ、その家には近づかないと言われています」

「へえ。日本で言う鬼瓦みたいなものですかね？　師匠」

それはなかなかに絶妙な喩《たと》えだ。

魔除けはこの建物が建てられた当初からあったらしいとウルスナさんは言った。

「あの銛にはそういった意味合いがあったのですね」

密《ひそ》かな疑問を解消できたことが嬉《うれ》しかったのか、リリテアは満足そうに頷《うなず》いた。

「大方潮の流れや暗礁が事故多発の原因だろうが、船乗り達《たち》はそういった自然の脅威を魔《セイ》物《レーン》に仕立てることで受け入れてきたんだろうな」

「昔の人は信心深かったってこと？　ふあ……」

ベッドの上に深く腰をかけて、ゆりうがずいぶん気安くフィドに話しかける。食後のせいか、眠そうな顔をしている。

「そういうことにしておくってお約束ごとが必要だったから、そういうことにしていたまでだ。昔の人間は無《む》知《ち》蒙昧《もうまい》で愚かだから、どんなあり得ないことでも信じたんだろうってなんてのは、現代に生まれたヤツの傲慢だ。たまたま後に生まれたってだけのくせしてな。実際は時代に関わらず、いつの時代も人間ってのはそういうもんだ」

と、犬科のフィドが人科を語る。

「そんな噂《うわさ》のある館へ後に移り住んでこられたのが、ルゥお嬢様のお祖父様《じいさま》でした」

ウルスナさんの言葉を肯定するみたいにルシオッラはうんうんと頑張って頷《うなず》いている。

「ではお嬢様、私はこれからお風呂の用意をして参ります。準備ができたらお呼びしますね」

会話の切れ目を見つけると、ウルスナさんは足早にその場を去った。

彼女が出て行った後も会話は続く。

「ルゥのおじいさんは一人でこの島に移ってきたの？」

「シィ。お祖父様は何年もかけて建物に手を加えて住みやすくしていった……そうな。……そうな？」

「もしかしてゲストルームのあの丸窓や月の絵も？」

「サク、見た？　お月様、素敵」

ルシオッラは自分のことのように誇らしげだ。

「うん。丸窓越しっていうのも面白いアイデアだ」

「お祖父様は日本のキョートシティの寺院《テンプル》に感銘《ショック》を受けて、特別に大工さんにお願いしたんだって。とってもこだわってた」

「そうだったのか」

「ね、サクの生まれた国、日本。ね？　お祖父様、生きていらしたらきっと大喜びで質問攻めにしたわ」

「それは是非お会いしてみたかった」

俺が次に殺された時、一瞬だけでも天国で会えたりするだろうか。

なんてくだらないことを考えていると、またリリテアが思わぬ角度から質問を投じた。

「失礼ですが、もしやルシオッラ様のお祖父様は画家のエリゼオ・デ・シーカ氏では？」

突然の質問に俺は一瞬首を傾《かし》げた。でもルシオッラは明らかに顔を綻ばせていた。

「わっ。リリテアさん、知ってるの？」

「はい。素晴らしい芸術家です」

「へえ！　おじいさんってすごい人だったんだね！」

ベルカも無邪気に興味を抱いている。

「エリゼオ・デ・シーカ氏は一九七〇年代後半、美術界に突如として現れた奇才と謳《うた》われております。氏は大きいものを小さく、小さいものを大きく描くという独自の手法で多くの名画を残された――とも」

「ああ。確かゴヤあたりのロマン主義と東洋の浮世絵からの影響を公言していたんだったか。日本じゃそれほど認知されてはいなかったようだが、ヨーロッパじゃどこの美術館でも一枚は飾られてるぞ――って、それじゃ先生も気づいてたってこと？　言ってよー！」

さすがフィド先生。犬なのに美術史にも詳しい。

俺は改めて机の上の写真に映る老人を見た。そんな大物だったとは驚きだ。

「シィ。お祖父様、絵を描く人だった」

「やはりそうでしたか」

「でもリリテア、どうして分かったんだ？」

「あの大きな絵？　セイレーンが描かれていた？」

「はい。あの絵はエリゼオ・デ・シーカ数年ぶりの作品として昨年発表され、美術界で注目を集めていたはずです。タイトルは確か……」

「蒼泳《そうえい》のシーアレイッ」

記憶を頼りに話すリリテアに、ルシオッラが助け舟を出す。

「シーアレイッ？」

過去に聞いたことのない不思議な言葉だ。

「お祖父様《じいさま》が考えた造語……だから、意味はルゥも知らない、けど、あの絵を描いているときのお祖父様、怖いくらい、だった。だけどお祖父様、その後ですぐに天国へ行っちゃった」

「亡くなられていたとは存じませんでした。ご冥福を――」

リリテアの言葉を受けてルシオッラは静かに頷《うなず》く。なんと言うか、二人のこういうさりげない仕草に気高さを感じる。

「エリゼオ・デ・シーカが全身全霊を込めた遺作か。それは」

色んな人間が欲しがっているだろうな。

後半は口には出さなかった。けれどルシオッラは俺の考えを読んだみたいにこう言った。

「お祖父様、あの絵を発表した時、こんな言葉も添えてた。正当な値をつけた者にシーアレイツを譲る――」

「正当な値？」

それは売買において普通にする言葉ではあったけれど、この場合だとなんとなく謎めいた響きを持っていた。

「それってエリゼオさんの納得するだけの値段をつけろって意味？」

「それはルゥにもはてさて……つまり、分からない。お祖父様の真意は。でもそれが遺言《テスタメント》」

ともかくそれらはエリゼオの遺志に則《のっと》って行われたということらしい。

結局買い手はついたのかとか、値段はいくらになったのかとか、ちょっとした好奇心は働いたけれど、これ以上は訊《き》かないでおこう。

少なくとも蒼泳《そうえい》のシーアレイツはまだああして玄関ホールに飾られている。そして、だからこそそんな貴重な絵を拝見することができたんだから、今はそれを喜ぶとしよう。

「このお屋敷のあちらこちらに飾られているたくさんの絵も、見たことのない物ばかりでしたが、エリゼオ氏の筆触《タッチ》と同じでしたので、おそらくここは彼の家だったのではないかと推察しました」

絵。確かに無数に飾られている。玄関ホールにも、廊下にも。

そしてこの部屋にも――だ。

「すみませんルシオッラ様。館に立ち入った時より気になっておりましたもので」

我が助手は俺の知らないところで常に細々《こまごま》としたことを気にしているようだ。

「ううん。謝らないで」

「しかしエリゼオが亡くなっていたとは、俺も知らなかったな」

フィドも偉大な画家の死を驚いていた。

「それもお祖父様《じいさま》の遺言だったので。自分が死んでも世間に広めず、自分の名前、作品、全部風化させて欲しいって」

「それで誰にも知らせていないのか」

「シィ」

俺の問いにルシオッラは小さく頷《うなず》いた。

「お祖父様、昔から世間を嫌っていて、背を向けるみたくこの島で沈黙したみたいに暮らしてた。誰にも……他の画家さんにも画商さんにも居場所は教えなかった」

「秘密の隠れ家みたいなものだったわけか」

「そして、お祖父様はどこにも発表しない作品、この館でたくさん描いた」

「もしかしてそれが館のあちこちに飾られているたくさんの絵？」

「シィ」

「俺もエリゼオの絵はいくつか見たことがあるが、この館の絵はどれも他所《よそ》では見ないものばかりだった。あれだけの枚数をどこにも売らず、所蔵していたのか。もしエリゼオの死とこの館の存在を画商達《たち》が知ったら……」

フィドの言わんとしていることは俺にもよく分かった。きっと誰も彼もがこぞって値踏みしにここへやってくることだろう。

「お祖父様が言ってた。どれも売り物にはならない駄作。失敗作《トラッシュ》。けど……ルゥにはよく分からない」

とても駄作には見えなかったけど。

「失敗作をあえて飾っていたのか」

「こう言ってた。失敗作は己の不甲斐《ふがい》なさを忘れないための鏡である」

変わった人だ。

「変わった人、でしょ？」

「いや……その」

「いいの。真実。誰とも打ち解けようともしなかったし……」

「人を寄せ付けない人だったのか。あ、もしかして、だからあえてこの島を選んだ、とか？」

ここは人々が怖がって近づかない場所だ。

「シィ。でも、それだけじゃなくって、もしかしたらみんなから怖がられる海の伝説に、お祖父様なりに何か惹《ひ》かれるもの、あったからなのかも……なんて、ルゥは思ったり……」

「だからセイレーンの絵を描き残し、ホールに飾った……か」

「きっとここはお祖父様にとっての秘密の楽園だったんだと思う。だって、なぜって、お祖父様《じいさま》はいつもこの島のことを呼ぶ時こう言っていたもの。画廊島《ガレリア・イゾラ》って」

なるほど、画家らしい名前をつけたものだ。

祖父のことを色々と話したからか、ルシオッラは何か遠い記憶を思い返すような表情を浮かべていた。

「……ところでルゥ、キミもこの島が好きって言ったよね」

「好き」

「つまり荒くれ者の船乗り達《たち》が恐れるセイレーンも、ぜーんぜん怖くなんかないってことか」

「もちろん。へーき。へーきだもん」

「今日みたいな嵐の晩にはいかにも何か出てきそうだけど、それでも？」

「……恐怖はない。ウ、ウルスナもいるし……」

「そっか。それじゃ……切っても燃やしても復活するゾンビはどうかな⁉」

「やぁー！」

実に安っぽい俺の脅しに、ルシオッラが可愛《かわい》らしい悲鳴を上げる。

「朔也様《さくや》」

「ごめんごめん。ルゥの反応が面白くてつい」

でもルシオッラが怖がったのは最初の一秒くらいの間だけで、悲鳴はそのまま愛らしい笑い声に転じていた。

「あぎゃあ⁉　な、なんですか今の悲鳴は⁉」

ベッドの上で居眠りを始めていたゆりうが飛び起きた。

「じ、事件ですか？　事件ですね⁉……違う？　あ、失礼しました」

その様子を見てルシオッラがまた笑った。

「あーあ、嵐が去った後も、みんなずっとここに住んじゃえばいいのに」

その笑顔があまりに無邪気だったため、ルシオッラが漏らしたその言葉には虚をつかれたような思いがした。

そしてそれは言葉を発した彼女自身も同じだったらしい。

「なんて……針を使わず縫い目も残さずシャツを作るような話……えへへ」

それは実現不可能なことを喩《たと》えた言葉だと、俺にも分かった。

ごまかす笑顔は上手とは言えなかった。

と、そこで再びウルスナさんがラウンジに入ってきた。

今度はやや焦りの表情を浮かべている。

「ウルスナさん、どうかしたんですか？」

「それが……あの男が見当たらないので探していたんです……」

「あの男というと、もしかしてハービーさんですか？」

「はい。食事の片付けがすっかり終わってても現れないので、なにをしているのか気になって部屋を覗《のぞ》きに行ったんです。そうしたら……ベッドの上にこんなものが」

そう言って彼女が差し出したのは一枚の紙切れだった。英語で文章が書かれている。

それは、ちょっと気軽には見過ごせない内容だった。


──俺は見た。セイレーンを。嵐が強まる前に島を出る。


その異様な一文に俺たちはしばし言葉を失った。

「これは……ハービーさんの書き置きですか？」

「ええ。荷物もきれいになくなっていました」

「セイレーンを見た……って……。う、嘘《うそ》……だよね？」

ベルカが不安そうに皆を見回す。

「写真の撮影中に……何か見たって……ことかな？」

「それも気になるけど、それよりも今はこっちだよベルカ。島を出るって書いてある。でも外はすでにこの嵐だ」

表の風の様子を見るに、もう嵐は完全に上陸していると言っていい。

「聞くまでもないことですけど、島を出る手段は船以外には……ないですよね？」

俺の問いにウルスナさんが頷《うなず》く。本当に聞くまでもないことだった。ここは小さな孤島。橋もなければ空の便もない。

「船着場は館を出て正面に延びる坂を降《くだ》った先にあります。それが島で唯一の船着場です」

となると、彼はすでに館を出て船着場へ向かったと考えるのが妥当だろう。しかしこんな天候の中船を動かすなんて無茶《むちゃ》だ。

「私も正気を疑いました。ですので、まだ館の中にいるのではと思って探し回っていたんです」

「だけど彼は見当たらなかった？」

「はい……」

一瞬の間。誰もがハービーの書き置きについて考えを巡らせていた。

「あの、ウルスナさん。そう言えばすぐ隣に別館も建ってますよね？」

そんな中で素朴な疑問を口にしたのはゆりうだった。

「西館ですね。ええ。そちらは普段住居としては使っていません」

つまり俺達《たち》がいた場所は東館ということになる。

ウルスナの話によると西館も東館と同じく三階建てで、今は亡きエリゼオ氏の画材や試作が多く保管されているという。

「双方の館は一階南端の渡り廊下で繋《つな》がっています。北側に裏口がついていますが、鍵が紛失しているようで、そちらはもうずっと閉じられたままです」

東西の館は全体でU字型になっているらしい。

「ですがあの男は西館にはいないと思います。渡り廊下は、扉で閉ざされているんです。さっき調べた時、扉の鍵は掛かったままでした」

「鍵はどこに?」

「そこのキーボックスに」

ウルスナが示したのは階段脇の木製のキーボックスだった。

開けて確かめてみると、中にはたくさんの鍵がぶら下げられていた。

各部屋の鍵。それに書斎、バスルーム、キッチン、ドレッシングルームなど、それぞれ分かりやすく名前が書かれている。

渡り廊下と書かれた鍵もその中にあった。

「それじゃやっぱりハービーさんは館の外へ出たのか」

「正直なところ、あの男が島を出て行ってくれるなら私としては嬉《うれ》しくかつ安心なのですが、かと言ってみすみす危険を冒す人を放っておくわけにもいきません」

「船は——一艘《いっそう》しかないのでしょうか?」

そこでリリテアが違う角度から発言をした。けれどウルスナさんはその意図をはかりかねているようだった。

「この島に、館所有の船は何艘ございますか?」

「あ、そうです。い……一艘だけです」

「ザヴァッティニ家の皆様は?」

「私が船でお迎えにあがり、島へお連れしました」

「左様ですか。朔也《さくや》様、確かハービーさんはよその島の漁船に乗船してきたという話でしたね」

「そうか！　俺達《たち》の乗ってきた船は今故障していて動かせない。となると今出せるのは館の船だけだ！」

「それは困ります！　あの船を盗まれてしまったら陸への移動手段がなくなってしまいます！」

それはつまり、少なくとも俺達が無事船を修理し終えるまでは誰もこの島から出ていけないということであり、その間、もし怪我人《けがにん》や病人が出ても助けを求めることもできないということだ。

「あの男！　どこまで迷惑をかければ気がすむんでしょう！　今ならまだ間に合うかもしれません！　すぐに様子を見てきます！」

ウルスナさんが開けっ放しの部屋のドアから飛び出して行こうとする。

「船着場へ行くつもりですか？」

そんな彼女を慌ててベルカが止めた。

「一人じゃ危ないですよ。ボクも一緒に行きます！」

「それは心強いですが……ご迷惑では……？」

「いいんですよ！　ほっとけないもんね！　先生！」

勇ましく拳を上げるベルカ。対してフィドは「俺は動きたくない」とそっぽを向いた。

「人間同士で勝手にやってろ……って、先生！　一緒に行ってくれないの？　ど、ど、どーしよう……」

フィドが同行しないとわかった途端、ベルカの目が面白いように泳ぎ始める。やがて存分に泳いだその目が俺を捉えた。

「サクヤァ……えへへ……これから一緒に、どう？」

なんだその誘い方は。

「サクヤー！」

「わかった！　わかったよ。俺もついていくから」

「やったー！　ありがとう！　友達！」

ため息混じりに頷《うなず》くと、ベルカはこっちが恥ずかしくなるくらい喜び、ドカンと体をぶつけるようにして肩を組んできた。

近い近い。男女の垣根というものを持っていないのか。

「何かあったのかな？　ずいぶん騒がしいようだが！」

そこへ騒ぎを聞きつけたのか、ライルとドミトリが顔を出した。

「騒がしすぎて家の中にまで嵐が入ってきてしまったのかと思ったよ！」

と、言うライル本人が一番騒がしい。

「何？　あのカメラマンが見当たらない？　そういうことなら手を貸そう！」

事情を話すとライルもハービー探しを買って出てくれた。

「困った時はお互い様だ！　そうだろう？　ドミトリ」

そう言って彼は息子の肩を叩《たた》く。けれどドミトリは顔をしかめて露骨にそれを拒否した。

「やだよ。そんなどこの誰とも知れないやつ、放っておけばいいじゃないか。勝手にやってきて、散々帰れと言われても無理矢理《むりやり》居座ってたヤツなんだろ？　自業自得だよ」

「コラ！　ドミトリ！」

「ボクも鬼じゃないし、一人の人間として無事は祈ってるよ。それじゃね」

ライルの手を振り払うと、ドミトリはまた自分の部屋の方へと戻って行った。顔もあまり似ていないけれど、性格も正反対だ。父親と違ってずいぶんドライな性格をしている。

そんな息子を見送った後、ライルは申し訳なさそうに頭を掻《か》いた。

「申し訳ない！　なかなか言うことを聞かない困った息子で！」

「なかなか苦労されてるみたいですね」

「大きな声では言えないんだが！　なので極力小声で話すんだが！　ドミトリは妻の連れ子なんだ！　そのせいかなかなか心を開いてくれなくてね！」

と、充分大きな声で耳打ちされて色々納得した。

なるほど。似ていない親子だなとは思っていたけれど、そういうことか。

「さて、話し込んでる時ではないな！　そういうことなら船着場の方と館の周辺、それぞれ手分けをして探そうじゃないか！」

気を取り直したようにライルが場を仕切る。

「もし船が船着場に繋《つな》がれたままなら、ハービーはまだ島のどこかにいるということになる。足を滑らせて動けなくなっていたりしたら大変だ！」

彼の提案は理にかなっていたので、その案が採用されることになった。

「そうですね。それじゃウルスナさん、ライルさん、ベルカは船着場を、俺とリリテアは館の周りを探して――」

「もちろん親愛なる探偵の弟子こと灰ヶ峰《はいがみね》ゆりうもご一緒します！」

ここぞとばかりにゆりうが手を挙げて主張してくる。

「え？　ついてくる気か？」

「弟子弟子！」

さらに主張してくる。

「わ、わかったよ」

本当はあまり危険なことをさせたくなかったけれど、ここで押し問答をしても時間をロスするばかりだ。

「では急いで雨具と懐中電灯を取ってきます！」

そう言ってウルスナが走り出そうとした時、ルシオッラが彼女の袖を引っ張った。

「ウルスナ、ルゥも手伝う」

「いいえ。お嬢様は中でお待ちください。外は危険です。ぬかるみに車輪を取られれば転倒してしまいますよ」

「でも……」

「わかってください」

「……シィ」

一瞬は食い下がったルシオッラだったが、結局ウルスナの説得を聞き入れて引き下がった。

そんなルシオッラのおでこにウルスナがキスをする。

「お嬢様が聞き分けの良い子でウルスナは嬉《うれ》しいです」

それはなんだか映画のワンシーンを見ているみたいだった。

二人の主従関係を眺めていると、リリテアが隣からそっと耳打ちしてきた。

「朔也《さくや》様もあれくらい賢明ならリリテアも安心なのですが」

「そ、そういうわけにもいかないだろ。俺だって危険なことは大嫌いだけど、立場上……」

「探偵としてのお立場、ですか？」

「ま、まーた怖い顔して。リリテア、ほら笑顔笑顔」

若干ムスッとした表情のリリテアを和ませようと、彼女の頬《ほお》を引っ張って笑顔にしてみた。

リリテアはなんら抵抗する素振りも見せなかったけれど、最後にずいぶんと冷めた眼差《まなざ》しでこう言った。

「朔也様が聞き分けのない子でリリテアは哀《かな》しいです」

遠く、ラウンジの方から柱時計が打ち鳴らす六時のチャイムが聞こえてくる。

□

レインコートを借りて外へ出ると激しい風と雨が俺たちを出迎えた。

俺とリリテア、そしてゆりうの三人は館の南側を目指す、左回りのルートを進み、ウルスナさんとライルとベルカは船着場へ向かった。

懐中電灯を構えた俺を先頭に、リリテアとゆりうが続く。

「ハービーさーん！」

強い風に負けないように声をかける。返事は返ってこない。

「あれが西館へ通じる渡り廊下か」

風雨の向こうに東館と西館の間を繋《つな》ぐ廊下が見えた。距離にして五メートルほどなので廊下としては短い。

隣接した二棟の間はビル風の要領で強い風が吹き上げていた。たくさんの窓ガラスが風に軋《きし》む音は人の悲鳴のようにも聞こえた。

西館の裏手に回り、下から懐中電灯で建物を照らして気づく。

「こっちにもあるんだな」

例の魔除《まよ》けだ。西館の外壁にも例の先の尖《とが》ったオブジェが複数あしらわれていた。

裏手は建物と石垣の距離が近く、人が二、三人通れる程度の幅の小道が真《ま》っ直《す》ぐ南へ延びている。

　――俺は見た。セイレーンを。

　改めてハービーの残した書き置きが思い出される。

「リリテア、彼は本当にセイレーンを見たと思う？」

「何かの比喩なのかもしれません」

「そうだな。最初に館の前で彼に会った時、彼におかしな様子はなかった」

「はい。何かを見たとすれば、あの後でございましょう」

　果たして彼は何を見たのか――。

「わ。海！　近いですね」

　ゆりうの言う通り、石垣の向こうを覗《のぞ》くと、すぐ下はもう海だった。せいぜい海面から二メートルほどの余裕しかない。飛沫《しぶき》が顔にかかってきそうだ。

「あひゃー。これは落っこちちゃったら大変ですね。岩に打ち付けられて苦しみながら、あっという間に未来永劫《みらいえいごう》暗い海の底ですよ」

「表現が怖いよっ」

　時々言葉を交わしながら、慎重に足を進めて行く。

　ハービーの姿を探して一歩一歩。

　館を出て十分ほど経《た》っただろうか。

　やがて小道の向こう側に明かりが見えた。

おや、と思うと同時にあちら側で「キャン！」と悲鳴がした。

「出たー！ 人魂《ウィルオザウィスプ》！ 助けてっ！」

ベルカの声だ。

こっちの懐中電灯の明かりを見間違えたらしい。

ウルスナさんとライルの姿もある。

「俺たちだよ」

近づいて声をかけ、明かりを向けるとベルカの泣き顔が照らし出された。

「脅かさないでよ！ サクヤはボクをもっと大事にするべきだ！」

「悪かったよ。ベルカ、そっちはどうだった？」

ぐずるベルカを宥《なだ》めながら首尾を尋ねると、ベルカは「どーもこーも！」と叫んで顔を寄せてきた。

「ボク達《たち》、船着場に向かう途中で散り散りに逸《はぐ》れちゃって大変だったんだ！ ね、ウルスナさん！」

「大丈夫だったのか？」

「うん。船着場までは背の高い草が生い茂った中に小道が通ってたんだけど、気づいたら一人ぼっちになってててヒヤッとしたよ……。ウルスナさん達を探して五分くらい彷徨《さまよ》い歩いてさ……」

そんな時に限って先生もそばにいないし……とベルカは愚痴る。

「仕方ないから館の明かりを目印にしてとにかく海の方へ向かったんだ。そしたら運よく船着場に出てさ。なんとかなったよ」

「すみません。私の道案内がおざなりで……」

それについてはウルスナさんが申し訳なさそうに頭を下げた。

「あの辺りは途中、草が伸びっぱなしの、茂みの中の小道を通らなければならないのですが……そのあたりで」

「申し訳ない！　ボクも迷った！　宝石を見る目には自信があるんだが、方向感覚は残念極まりないと妻にもよく言われる！」

と、ライルも堂々と謝った。よく見ると彼のスーツに草の濡《ぬ》れた切れ端がくっついている。

「いいえ、そんな。ただでさえ見通しが悪いのに、こんな嵐の夜ですから」

「船着場で少し待ってたら、遅れてライルさんとウルスナさんがやってきたんだよね」

と、ベルカ。

「それで、船はどうだったんだ？」

「そう！　船！　やっぱりなくなってたよ！　調べてみたらさ、船に繋《つな》いでいたもやい綱が解《ほど》かれてたんだ！　ハービーって人の仕業に間違いないね！　それを急いで伝えにきたんだ」

「そうか……」

つまりハービーはすでに船を奪って島から逃げ出したということになる。

「それならこっちは無駄足だったみたいだな」

「そうなるな！　まあ、ボクは迷っていただけで何もしていないがね！」

「ライルさんはちょっと静かにしていてください」

「手厳しいな朔也《さくや》少年！」

「とにかく嵐が過ぎるのを大人しく待ってから、俺達《たち》の乗ってきた船の修理を急ぎましょう。船が直ればライルさん達のこともパレルモ港まで連れて行けます」

「それは助かる！　だがあの写真家、無茶《むちゃ》なことをする！」

「朔也様」

その時、リリテアが風に負けないように普段よりも大きな声で俺を呼んだ。

「あそこに何かが引っかかっています」

彼女は石垣から身を乗り出すような格好で下の海を指差す。

岸壁に激しい波が絶えず打ちつけている。目を凝らすと、その強い波の中で何かが浮き沈みを繰り返しているのが見えた。

「あれは……ゴミ？　いや……」

靴だ。

それがわかった瞬間、俺の背中に悪寒が走った。

その靴に見覚えがあったからだ。

赤いトレッキングシューズ。

「ハービーさんの履いてた靴だ！」

「なんだって⁉　では彼は海に落ちたのか……？　でも船はなくなっていたぞ！」

「最初に出会った時、ハービーさんは石垣の上に登って夢中でシャッターを切っていました。この場所でも同じことをして、風に煽《あお》られて転落した。そう考えるのが妥当でしょう」

「いや待ってくれ……！　それにしては変じゃないか？」

ライルが深刻な表情を浮かべ、懐中電灯で足元を照らす。

「見たところ、この場にハービーの靴跡らしきものはない。船着場からここに来るまでの間もそんなものは見なかった！　そっちはどうだ？」

言われてみると、そんなものは見当たらなかった。

俺達が歩いてきた足跡はぬかるみの上にしっかりと残っているのに。

「ハービーはどうやってここまでやってきたんだ？」

「それは……」

考えを巡らせていると、突然リリテアが地を蹴って石垣の上に登り、俺を驚かせた。

強い海風が彼女の顔に吹き付ける。レインコートのフードがバサリと脱げてプラチナホワイトの髪が踊った。

「何してんだリリテア！　そんなとこに立つと危ないぞ！」

「承知しております。ですが、リリテアはアレが気にかかるのです」

「靴のことだったらもういい。危険を冒してまでわざわざ回収しなくたって、ここから見てもあれは間違いなくハービーさんの……」

「いいえ。そちらではなく」

止める間もなく、リリテアは石垣の向こう側へ飛び降りてしまった。あわやハービーの二の舞かと思われたが、そうはならなかった。

リリテアは尋常ならざる身軽さで岩場を降《くだ》って行き、その岩の隙間から何かを拾い上げると、再び確実な足場だけを選んでこちらへ戻ってきた。ものの数秒の早技だった。

「ヒヤヒヤさせるなよ……」

「拾って参りました」

リリテアは涼しい顔で俺に拾ってきた物を差し出す。

「これは……」

カメラだ。ハービーの使っていた一眼レフカメラだ。

「岩場の間に引っかかっておりました。落下時の衝撃でしょう。ひどく破損しております」

「そうみたいだな。やっぱりハービーさんはここから海に落ちて……」

「サクヤ……」

その時、今度はベルカが声を震わせて俺の名を呼んだ。

「あのさ……」

「ベルカ、これは不運な事故だ。誰の責任でもないよ」

「そうじゃなくて……。ハービーさん、海には落ちて……ないよ」

「え？　本当か？　でもどうしてそう思うんだ？　確かに船がなくなっていたことは気になるけど、現にこうしてカメラや靴が……」

「だって……だって！　あそこにいるんだよ！」

「……え？　なんて……言った？　もう一度言ってくれないか？」

聞き返しながら振り返る。

ベルカは石垣に背を預けるような格好で館の方を見つめている。

それも、ずいぶん上の方を。

「あそこに！　でも……なんで⁉　どうしてあんなところに人が！」

見上げると、そこに男がぶら下がっていた。

三階の窓と同じか、それ以上の位置に。

俺にはそれが誰かすぐにわかった。

「ハービー……さん」

写真家ハービーだ。

彼は館の外壁から突き出た鋭利な鉄針に腹部を貫かれ、逆さまにぶら下がっている。

貫いているのは――あの魔除《まよ》けの銛《もり》だ。

それだけじゃなく、ハービーは両足の太ももから下を完全に失っていた。まるで何かに食いちぎられたみたいに。

「そ、そんな！　なんてこと……！　死んでるんですか？　本当に!?」

ウルスナさんが悲鳴に近い声を上げる。

死んでいる。ハービーはすでに死んでいる。

確かめるまでもない。ハービーは光のない眼《め》で俺達《たち》を見下ろし、同じ人間として直感的にわかった。

ハービーは光のない眼で俺達を見下ろし、物言わぬ口から血を垂らし、ただ嵐に吹かれていた。失われた両足はどこにも見当たらない。

「そんな……彼は……海に落ちたわけでも……船で島を出て行ったのでもなく……・・・・・・どちらでもなかった。

「人があんな高さで……。一体何をどうすればあんなことになるんだ……？」

ライルは口元に手を当て、目を見開いている。

「じ、事故ですよ！　きっと事故です！」

「事故で人間があんなことになるものか！　ざっと地上七、八メートルだぞ！」

「き、きっと屋根の上から滑り落ちたんですよ！」

あまりに異常な事態を前に、ライルとウルスナさんとの間でちょっとした口論が巻き起こった。

「屋根？　あそこの屋根か？　だが見たところ庇《ひさし》がかなり迫り出《せだ》しているように見えるがね！　あそこから滑り落ちたなら、人は放物線を描いてちょうどボク達が立つこのあたりに落ちるはずだ！　あんな場所に引っかかるなんて物理的に無理がある！」

「でも……！」

「ましてや体を貫かれるほど強く叩《たた》きつけられるなんて、ありえない！　何か……とてつもない力が彼を襲ったとしか思えない！」

「……セイレーン」

呟《つぶや》いたのは、リリテアだった。

彼女は議論の間も一人海原の方を見つめ続けていた。

「リリテア……？」

「何か、聞こえませんか？」

「え？」

俺たちは口を閉し、各々耳をすませた。

……ユヒィィィ――……ィ……

すると――かすかではあったけれど、波と風の音に紛《まぎ》れて、確かに何か聞いたこともない音が聞こえた。

「ねえサクヤ……こ、こ、これって……」

方角も正体も分からない、輪郭のぼやけた音。

いや、それは音というよりも何者かの声のように聞こえた。

それも、一定の音程を持った歌声のように。

「これは……一体どこから……」

「や……やあぁぁぁ！」

直後、とうとう耐えきれなくなったのか、ベルカが悲鳴を上げてその場から逃げ出してしまった。

「え？　え？　ちょっと……ま、待ってよベルカちゃぁぁん！」

その恐怖が伝染したのか、つられてゆりうも走り出す。

「二人とも！　無闇に走ると危ないぞ！」

「痛ぁ！　コケたあー！　ま、待ってー！」

そうして二人の姿はあっという間に見えなくなってしまった。

「仕方ない……俺達《たち》も一度館に戻りましょう」

「同意する！　ボクもこの場では冷静な判断ができそうにないからね！」

俺達は一旦態勢を立て直すことに決めて来た道を戻った。

その時にはもう、あの歌声は途絶えていた。

三章　ここがいい

「セイレーンなんてただの御伽噺《おとぎばなし》ですよ！」

東館に戻るなりウルスナさんは語気を荒らげた。

「さっきの音は……きっと近くを通った船の汽笛か何かで……」

「俺もそう思いたいです。でも……」

だけどこんな嵐の最中に船が通るだろうか？

彼女に問いかけながら俺はレインコートを脱いで玄関脇のハンガーポールにかけた。

コートから流れ落ちる滴によって、あっという間に床に水溜《みずたま》りができた。

「朔也《さくや》君、キミはどう考える？　やはりハービーはセイレーンによって殺されたと？」

「いいえ。あれが事故でないなら、やっぱり現実に生きる誰かがやったということになるでしょう」

「……それなら誰《フーダニット》がなんのために《ワイダニット》、どうやって《ハウダニット》彼を殺したのかな？」

と、彼はいかにもな言い回しで会話を進めた。

そう言えばライルは推理小説好きだという話だった。

「この島は嵐によって今やお手本のようなクローズド・サークルだ！　もっとも、嵐じゃなくとも今やこの島に動かせる船はないけれどね！　そして滞在しているのはボク達《たち》一家と、ルシオッラお嬢さんとウルスナさん。そしてキミ達一行だけだ！」

「容疑者は限られている。そう言いたいわけですかライルさん」

「それが理性的思考だと思うがね！　セイレーンの仕業だなんてとんでもも推理は論外として……おっと、すまない！　つい熱くなって声が大きくなってしまった！」

と、我に返ったように常に大きな声のライルは謝った。

「ボクはこれでちょっとせっかちなところがあってね。結論を急ぐ癖がある！」

彼は濡《ぬ》れた髪を両手で拭い、乱れた髪を整える。

「よう、探偵。張り切って推理してるな」

話し合っていると、フィドがラウンジのある南側の廊下からこちらへやってきた。

「フィド、大変だ。ハービーさんが……」

「死んでたんだろう？　ベルカから聞いた。オマケに船もなくなっていたんだってな」

彼はこちらの説明を待つまでもなく全ての事情を承知していた。

「そうなんだよ。それもただ死んでたんじゃなくて……あれ？　ところでフィド、今どうやって喋《しゃべ》ってるんだ？」

今、フィドのそばにベルカの姿はない。それなのに俺はフィドと会話ができている。

「うちの助手《チキン》ならそこにいるぞ」

フィドが自分の背後、廊下に飾られている大きな花瓶を顎で示す。よく見るとその花瓶の陰に隠れるようにしてベルカが縮こまっているのが見えた。

「あいつ、死体を見つけて一人だけ逃げ出したんだろう？　迷惑をかけたな。さっきしっかり怒鳴り吠えといたから許してやってくれ。昔から口だけ達者でいざって時にヘタレなんだ。そうだよなベルカ？　いい加減そこから顔を出せ」

辛辣な言われようだ。しかもその言葉もベルカ自身の口を通じて話しているのだと思うと、なおさら同情を禁じえなかった。

やがて巣穴から恐る恐る顔を出すリスみたいにベルカが顔を覗《のぞ》かせた。

「え……えへへ。みんなー、おかえりー……」

「ただいまベルカ。素早い逃げ足だったな。俺はいい友達を持ったよ」

「ひ、ひどい！　なんでそんなこと言うの？　いつもの優しいサクヤはどこへ行っちゃったんだよ……」

「で？」

「ご、ごめんなさーい！　逃げましたー！　反省してるからこれからも友達でいてー！」

確かにヘタレだけれど、ちゃんと謝れて偉い。と、思うことにしよう。

「いいよ。ほら、こっちこいよ」

「う、うん。やー、ホント大変なことになっちゃったね」

笑顔を向けてやると、ベルカはすぐにいつもの調子の良さを取り戻して軽快に走り寄ってきた。

「全くだ。よくないぜこいつは。髭《ひげ》がビリビリしやがる。経験上こういう時は大抵よからぬことが重ねて起こる」

フィドのそうした予見は探偵としての経験に裏打ちされたものだろうか。だとしたらやっぱり彼は優秀な探偵なのだろう。

なぜって、その直後に次なる不穏な知らせが俺達《たち》の耳に届いたからだ。

「た、大変！　師匠！　ルゥちゃんが大変です！」

響いてきたのはゆりうの声だった。

見ると北側の廊下の奥でゆりうがこっちに向かって手を振っている。

「何かあったのか⁉」

「お嬢様！」

皆の顔に緊張が走る。中でもウルスナさんは文字通り血相を変えていた。

「あそこはお嬢様の部屋の前です！」

「行こう！」

何はさておき、急いでルシオッラの元へ向かう。

「……ん？　これは……」

けれどその途中で俺は廊下の隅にゴミのようなものが落ちているのを見た。

小指の先程度の、青い紙切れのような――いや、拾い上げてみるとそれは花弁の一部だった。

なんの花だろう？　と考えている余裕はなかった。

「朔也《さくや》様、急ぎましょう」

気にはなったけれど、リリテアに急《せ》かされて俺は思考を中断し、ゆりうの呼ぶ方へ走った。

「師匠！　こっちですこっち！」

部屋のドアは開いている。中へ飛び込むと、強い風がこちらに吹き付けてきて驚いた。

真正面の窓が開いていて、そこから雨風が入り込んでいる。

その開かれた窓の下でルシオッラが倒れていた。

彼女のそばには空の車椅子。

急いで駆け寄り、抱き起した。

気を失っている。その体は吹き込んだ雨に濡《ぬ》れ、冷たく震えていた。

髪から落ちる水滴がルシオッラの柔らかなほほに落ちては滑っていく。

「そんな……！　ル……ルシオッラ！　お嬢様！　誰がこんなこと！」

ウルスナさんが取り乱すのも無理はない。

ルシオッラは体のあちこちに真新しい傷を負っていた。

「ルゥ！　誰かに襲われたのか⁉」

肘や肩や額に生々しい切り傷や擦り傷ができていて、そこから血が流れ出している。

「ゆりうちゃん、これは一体どういうことなんだ？」

「その！　外でハーピーさんが大変なことになってたから……ルゥちゃんのことが心配になって、それで部屋を訪ねてみたら……中からガシャガシャ！　ってすごい物音が聞こえて……！」

ドアを開けたら傷だらけのルシオッラが倒れていたとゆりうは言った。

「それであたしびっくりしちゃって、思わずみんなを呼んで……」

「本当か？」

「ほ、本当ですよ！　弟子が嘘《うそ》をつくわけないじゃないですかっ」

「いや、他意はないんだ。……ごめん。ちょっと動転してさ」

「びっくりしたあ！　師匠に疑われてるのかと思っちゃいましたよ！」

「と、とりあえず閉めるよ！」

ベルカが窓を閉めると部屋は奇妙な静寂に包まれた。

□

「私……部屋から救急箱とタオルを取ってきます！」

ウルスナさんは主人のために急ぎ部屋を出て行った。

それとほとんど入れ違いにやってきたのはイヴァンとカティアだった。

「さっきから下が騒がしいと思えば……これはどういうことなのかね？」

「あらその子、怪我《けが》してるじゃない。車椅子で階段から落ちでもしたの？」

イヴァンは部屋着に着替え、カティアは片手にワインの入ったグラスを持っている。

「ただの事故なら私、もう部屋に戻るけど」

そんなカティアの発言に噛《か》みついたのはベルカだった。

「あのですね！　ルゥが大変なんだよ！　心配じゃないんですか？　そんな他人事《ひとごと》みたいに！」

「心配はしてるわよ。し、失礼ね！　他人なもんですか！」

思わぬ反撃にカティアは動揺を見せ、唇を歪《ゆが》ませて反撃を見せた。

「小娘にどうこう言われたくないわ！」

「ボクは小娘じゃない！」

「大娘《おおむすめ》？」

「そう！　ゆりうちゃんのいう通り！　大娘！　もっと違う！　ちょっとゆりうちゃん！」

「ごめんね！　つい！」

ゆりうが絶妙な横槍《よこやり》を入れ、険悪になりかけた場を和ませる。

その隙間を縫う形で俺はハービーの不審な死と、消えた船のことをイヴァンとカティアに伝えた。

「こ、殺されたというのか？　だ、誰にだ⁉」

事情を知ったイヴァンは周囲を疑うように睨《にら》みつけた。

「それはまだ分かりません。これからまさに検討を始めようというときに、今度はルゥがこんなことになってしまったので……」

「検討も何も、ここにいる誰かがやったということだろう？　貴様らか⁉　そうだろう？」

「そうよ。最初から怪しいと思ってたのよね。嵐の中突然島へやってきてさ」

「ワインの飲み過ぎでオツムも発酵したか？　とんだ貴腐人だな。嵐になったのは俺達《たち》が来た後だっただろうが」

「言わせておけばこの小娘！」

「今の暴言はボクじゃないよ！　先生が言ったの！」

「犬のせいにするんじゃないわよ！　タチの悪い腹話術でしょ！」

ベルカとカティアが言い合いを繰り広げる中、リリテアが口を開く。

「消えた船に関してですが、ハービー氏を殺した犯人が乗って逃げたという可能性についてはどうお考えですか？」

「うん、もちろんその可能性もある。むしろそうであってくれた方がいい。犯人が目的を遂げて島を去ったなら、とりあえずこれ以上の危険はないってことだからな。だけど……」

俺の考えを汲み取ったらしく、割って入るようにライルがルシオッラを指差した。

「そこのお嬢様はたった今何者かに襲われた！　素人《しろうと》のボクの目にも一目瞭然だ！」

横たわるルシオッラのそばには労《いたわ》るようにゆりうが寄り添っている。

「つまり犯人はまだこの島にいるということだ！　そうだろう？」

「フン。そもそもこの激しい嵐の海に船で出て行くなど現実的ではない。ただでさえこの辺りの海は事故が起きやすいと聞いたぞ」

それに関してはイヴァンの言う通りだ。俺達もそれで大変な目に遭ってこの島に流れ着いたんだ。

「そうですね父さん！　実は嵐なんて大した脅威ではなく、船で易々と出入りできましたなんて、そんなことがまかり通るなら孤島ものの推理小説は全て成立しなくなってしまう！」

ライルは皮肉めいた口調で言い、大袈裟《おおげさ》に天を仰いで見せる。

そんな彼とは対照的にフィドはピクリとも耳を動かさないまま、静かにこう言った。

「まだ犯人がこの島にいると仮定して、にも関わらずわざわざ船を桟橋から切り離したんだとしたら、こう考える事もできるな。犯人が船を切り離したのは逃亡のためじゃなく、俺達を完全にこの島に閉じ込めるためだった」

「わた……私達《たち》を閉じ込めて一人ずつ殺そうとしてるとでも言うの⁉」

「落ち着くんだカティア！」

動揺を隠しきれない様子のカティアを夫ライルが宥《なだ》める。

部屋の中が俄《にわか》に騒がしくなる。それが耳に届いたのか、ルシオッラが苦しげにうめいて薄く目を開けた。

「う……あ……サク……？」

「ルゥ！　無事か？　無理するなよ」

苦悶《くもん》の表情こそ浮かべていたけれど、様子を見るに命に別状はなさそうだ。

俺はすぐに彼女の体を抱き上げてベッドに運ぼうとした。

「だいじょ……ぶ。んしょ……！」

けれどルシオッラは心配をかけまいとするように、腕の力で自ら傍《そば》のベッドによじ登った。

「お嬢様！」

そこへ遅れて救急箱を持ったウルスナさんが戻ってきた。

「ルゥ、何があったか覚えてるか？」

改めて問いかけるとルシオッラはオドオドと部屋の中を見回しながらこう言った。

「……もう、出て行った……？」

「出て……？　誰がだ？」

「ルゥ、部屋でみんなのこと……待ってたの。そうしたらドアを開けて入ってきて……お……襲いかかってきて……！」

「落ち着けルゥ。なんの話だ？　入ってきたって、一体誰が入ってきたんだ」

「真っ白な……女の人……！　歌ってた……不思議な歌……」

言葉を紡ぎながらルシオッラの目は徐々に恐怖に見開かれていく。

「真っ白な女……？」

俺達は互いに顔を見合わせた。けれど誰も答えなんて持ち合わせていない。

「誰のことだ……？」

「セイレーン」

ルシオッラは嘘《うそ》のように掠《かす》れた儚《はかな》い声でそう言った。確かに言った。

「……いたの……。セイレーンが来たの……。ゆりうが来てくれなかったら……ルゥは……」

「セイレーンだって？　またなのか!?　またセイレーン！」

ライルが腹立たしげに叫ぶ。でも、俺も同じ気持ちだった。

またセイレーンだ。

「非科学的だ……！」

ライルの言葉の語尾は消え入りそうだった。あり得ないことと一笑に付すことができなくなりつつあるみたいだった。

閉じられたばかりの窓を見上げてフィドが皮肉混じりに言う。

「で、ハービーも見たっていう、そのセイレーンとやらはそこの窓から逃げて行ったってわけか」

俺達《たち》は無言で窓の外を見つめるばかりだった。

外はもう夜の闇に覆われている。

「うー……」

ベルカがその場にしゃがみ込み、自分の太ももをペチペチと叩《たた》く。

「普通に考えて……ハービーを殺したのとルゥを襲ったのは同一人物……だよね、先生？」

問われたフィドは「さてね」と言って突然俺の方を見た。舞台役者が突然客席の人間の手を引いて舞台上へ招くみたいに。

「小僧、お前はどう思う？　その顔、何か思うところがありそうだが？　え？　え？　サクヤ、そうなの？」

そこで俺はさっきからどうにも気になっていたことを確認してみることにした。

「ゆりうちゃん」

「はい？」

「もう一度確認するんだけど、ゆりうちゃんがこの部屋の前にきた時に不穏な物音がしたんだよな？」

「そうですよ」

「それですぐに中に入った。間違いなく？」

会話を進めるごとに皆の視線がゆりうに集まっていく。ゆりうは不安そうに眉を寄せて首を振る。

「そうですってば！　な……なんですか師匠……さっきもそうですけど、どうしてあたしの言ったことをそんな風に……う、嘘《うそ》じゃない……。あたし嘘なんて言ってません！」

言葉を返すうちにゆりうの瞳がみるみる潤んでいく。

「いや、ありがとう。確認したかっただけで、別にゆりうちゃんを疑ってこんな質問をしたわけじゃないんだ」

「もー！　師匠の意地悪！　ざっけんなー！」

紛《まぎ》らわしいです！　とゆりうが抗議するように両手を上下に振る。

「でも……それならなんで？」

ああ、正直この先は気乗りがしない。

俺は深呼吸を一つして、それからルシオッラに向き直った。

「ルゥ、どうして嘘《うそ》をついた？」

「……え？」

その瞬間、それまでゆりうに集まっていた視線が一気にルシオッラへ移った。

ルシオッラはベッドの上で半身を起こし、困惑した表情で俺を見ている。

「嘘……？　ルゥは何も嘘なんて……」

「キミは言った。部屋に突然セイレーンが入ってきて襲われたって」

「い……言った。だって本当に襲われて車椅子から転げ落ちて……ルゥは必死で抵抗して……」

「その後セイレーンはそこの窓から逃げて行った？」

「シィ……」

「ゆりうちゃんはその時の一連の物音を聞いて、すぐに中に入った。その時、セイレーンはもう窓から逃げ去った後で、部屋には床に倒れたルシオッラだけが残っていた」

「ま、間違いないです」

ゆりうが真剣な表情で何度も頷《うなず》く。

「それの何が嘘なの……？」

「それならどうしてキミはあの時ずぶ濡《ぬ》れだったんだ？」

「それはセイレーンが窓を開けて出て行ったから、外の雨が吹き込んできて……」

「それで濡れた？　でも、それは変なんだよ。ルゥとゆりうちゃん、二人の証言を合わせると、窓が開けられてから俺がキミを抱き起すまで精々数十秒、長くても一分かそこらだ。窓から吹き込む雨の量から見ても、たったそれだけの間に全身、髪から雫《しずく》が垂れてくるほどずぶ濡れになるなんておかしいんだよ」

「あ……」

ルシオッラは毛布を掻《か》き抱《いだ》くようにして体を強張《こわば》らせる。

「ちょっと待ってください！　なんなんですか？　なぜ今お嬢様が問い詰められているんです？　これではまるで出席裁判じゃないですか！」

それまで様子を窺《うかが》っていたウルスナさんが、もう我慢ならないというように声を上げた。

「出席裁判って普通の裁判じゃ？」とゆりうが呟《つぶや》く。

「朔也《さくや》さん！　まさかお嬢様があの写真家を……こ、殺したとでも言うんですか！」

「なになに？　その子が犯人なわけ？」

「黙れ！」

カティアの煽《あお》るような言葉にウルスナさんが怒鳴る。彼女のこんな声を初めて聞いた。

「落ち着いてください。そうは言ってません。ただ、この状況下でなぜ嘘をつく必要があったのか、それが重要なんです」

「だからと言って！」

主人を想《おも》うあまりか、ウルスナさんの語気がさらに荒くなる。

「なるほどな。確かに、床のカーペットの方も湿っちゃいるが、ずぶ濡《ぬ》れってほどにはなってないな」

フィドは窓の側《そば》のカーペットを前足で踏みつけ、俺の考えを補強してくれた。

「俺達《たち》がハーピーさんを探しに外へ出ていた時、ルゥ、キミは一体どこで何をしていたんだ？」

「ル……ルゥは……」

心細さに耐えきれなくなったのか、ルシオッラは味方を探して視線を彷徨《さまよ》わせた。

「そしてなぜセイレーンに襲われたなんて嘘《うそ》をつく必要があったんだ？」

これは口にしていてちょっと嫌気がさした。意地悪な問い詰め方だ。

なぜ嘘をつく必要があったのか。それは彼女のやっていた何かが、人には知られたくないことだったからに決まっている。

「キミはどこかで何かをしていた。その結果、想定外の何かがあってずぶ濡れになり、傷だらけになってしまった。そうなんだろう？　ルゥ」

ルシオッラは答えない。

「そうか……部屋に戻ってきたルゥは、自分の体が濡れていることを誤魔化《ごまか》すためにわざと部屋の窓を開けて、吹き込んでくる雨に体を晒《さら》したんだね？」

ベルカも彼女なりに頭を回転させ、細い糸を手繰り寄せようとしている。

「ああ。そしてセイレーンのせいにすることで同時に体の傷の理由づけもできると考えたんだろう」

ところが窓を開けて偽装を施した直後にゆりうが部屋を訪ねてきてしまった。その結果、ルシオッラの体があそこまでずぶ濡れになっていることと、時間経過の間で齟齬《そご》が起きてしまった。

「でもでも！　ですよ師匠！」

それまで大人しくしていたゆりうが手を挙げる。

「ルゥちゃんは歩けないんですよ？　こんな嵐の中、外にも出られないでしょうし、どこで何をするにしても……」

「そうです！　お嬢様は昔から足が不自由かつままならないのです！　車椅子ではどこへも行けません！」

ウルスナさんもここぞとばかりに主張する。

「人魚症候群《シレノメリア》ですね。話は聞いてます」

俺は机の上の写真を軽く示し、頷《うなず》いた。ルシオッラがエリゼオ・デ・シーカと一緒に写っている古い写真だ。

「でもルゥ、キミ…………本当はもう歩けるんじゃないのか？」

「え⁉」

その場にいたほとんど全員が驚愕《きょうがく》の声を上げた。中でもウルスナさんの反応が一番大きかった。

「お嬢様が……歩ける……？　朔也《さくや》さん、何をバカげたこと………。何を理由にそんなことを！」

「さっき言ったように、ルゥは偽装のためにそこの窓を開けた。だけど、開けるためには車椅子から立ち上がる必要があったんですよ」

「え？　そんなはずは……窓を開けるくらいならお嬢様一人でも……」

「ウルスナさん、食事の後俺達《たち》はルゥに招かれてこの部屋で談笑していました。その時の様子は途中で訪ねてきたあなたも見てますよね？」

「ええ、そうでしたけど……それが？」

「あの後、あなたはそこの窓に一度でも触りましたか？」

思ってもみない質問だったのか、ウルスナさんが目を瞬かせた。

「……なんの話ですか？　私は触っていませんよ。それが今の話と何か関係があるんですか？」

「鍵だな？」

と、フィドが窓の掛け金を指して言った。

「そう。鍵です。部屋に招かれた時、窓の鍵は掛けられていなかった」

人が入る心配がないから普段から鍵は掛けていないんだとルシオッラは言っていた。

「だけどついさっきまで窓の鍵は掛けられていたんです」

「……あ、それボクだ！」

思い出して声を上げたのはベルカだった。

「ボク、鍵を掛けたよ！」

「うん。窓の鍵はベルカがかけていた。だからルゥがその後で窓を開けようとした場合、まず鍵を外さなきゃならない。でも掛け金の位置は——」

車椅子から立ち上がらないと届かない。

「ルゥが立ち上がって歩くことができるんだとしたら、行動範囲もグッと広がる。その足で何をしていたのか——」

俺はその点をはっきりさせておきたい。

「待ってください！　お嬢様が立ち上がれるとして、それがなんだと言うんですか？　歩けはしなくても、何か物に掴《つか》まれば少しの間立ち上がるくらいはできるかもしれないじゃないですか。窓の鍵を開けただなんて、それだけのことで……！」

ウルスナさんはなおも俺とルシオッラの間に立ち、反論を試みる。主人を守ろうとするみたいに。

「でしたら」

透き通った声が室内に響く。

リリテアだ。

彼女は左手に壊れたカメラ、右手に自分のスマホを持っている。

「こちらをご覧になってみてはいかがでしょう？」

それまでリリテアはこの場の人間の意識の外にいた。なぜって、彼女は彼女でやることがあったからだ。

「リリテア、もしかしてうまくいったのか？」

「はい。まさしく、本件に関わるものが確認できました」

俺はリリテアからスマホを受け取り、そこに表示されていたものを確認した。それを見て俺は口角を上げずにはいられなかった。

「なるほどね。仏頂面のミステリの神様とやらも、たまには微笑《ほほえ》んでくれるってわけだ」

「なんですか、そのおイタい台詞《せりふ》は」

「え？　ダメ……？　ダメかー……」

密《ひそ》かに考えていた決め台詞《パンチライン》だったのに。

「オホン。とにかく、ありがとう。リリテア」

「おい、分かるように説明しろ」

俺達《たち》のやりとりに、イヴァンが焦《じ》れたように口を開く。

「何を確認したと？」

「ハービー氏がこの島で撮影した写真《フォト》ですよ」

「ああ！　さっき外で拾ってきたカメラだな！」

ライルが指を鳴らす。

対してルシオッラは何か不安そうにリリテアの持つカメラを凝視していた。

「そのカメラ……壊れてるんじゃ……ないの？」

「はいルシオッラ様。実際壊れております。押せど叩《たた》けどうんともすんとも、でございます。ですがこちらのカードの中の記録は生きておりました」

リリテアが取り出したのは記録用のＳＤカードだった。

「フィルムカメラじゃなく、デジタルカメラだったのか！」

ライルが納得した様子を見せる。

「話し合いをしている間、リリテアがデータの移し替えをやってくれました」

「何かヒントとなるものが写っているかもしれないと思いましたので」

それを調べればハービーがこの島でどこをどう歩き、何を撮ったのか、その足跡を知ることができる。

データの確認。それは特別言葉にして頼んだわけじゃなかったけれど、リリテア、キミなら言うまでもなく急ぎやってくれると思っていたぞ。

という気持ちを込めて密かにリリテアへウィンクを送る。リリテアは「なんですかそれ？」というような表情を浮かべたが、それでもとりあえず二度ウィンクを返してくれた。

「カードには膨大な枚数の写真が記録されておりました。島や海の風景、こちらの館、そして動植物。中でも重要と思われるもののみをそちらに転送しております」

「周りくどいぞ。何が写っているというのだ！」

イヴァンが苛立《いらだ》ちを見せる。

「ルゥの姿ですよ」

俺はよく見えるようにスマホの画面を皆の方に向けた。

そこに写っていたのは——不安定な岩場の上に立つルシオッラの後ろ姿だった。

「お……お嬢様……？」

ルシオッラはスカートを脱ぎ捨てていて、普段は隠れている両足があらわになっている。

彼女の足は人魚のような形を——していなかった。

机の上の古い写真とは似ても似つかない。

二本の足は俺達《たち》と同じように左右に分かれ、地面を踏みしめている。

ただしその足はどちらも本物の足ではなかった。

「義足だったのか……！」

ライルが驚きと切なさの入り混じったような面持ちでつぶやく。

そう。義足だ。

その足でルシオッラが立っている場所がどこなのか、それは分からない。

どこかの洞窟の中だろうか。上方から光が差し込み、それが彼女の白い肌を浮き立たせている。

岩場の向こうに写っているのはゆらめく水面だ。

「これは驚きね。あなた、知らなかったの？」

カティアがウルスナさんに向けて無遠慮に尋ねる。

「わ……私は……エリゼオ様が亡くなられたあと、半年ほど前に雇われたばかりで……し、知りませんでした……」

よっぽどショックだったのか、ウルスナさんは唇を噛《か》みしめている。

ルシオッラの隠された事実を前にして、俺はそれとなくライルの方を窺《うかが》った。気づいた彼は「ボクら家族も知らなかったよ」と口だけを動かして伝えてきた。

この人、大声を出さなくても意思疎通ができたんだな。

それにしてもルシオッラがなんらかの理由で隠したがっていた秘密を、特殊な状況下とは言え、こういう形で暴いてしまうことになるなんて。

今更ながら心苦しさを覚える。けれど、本当に今更だ。

俺のその迷いを、あるいは弱さを感じ取ったのか、まるで代行するみたいにフィドがルシオッラに問いかける。

「お嬢様はとうの昔に手術を受けて、人魚症候群《シレノメリア》によって生まれつき結合していた両足とお別れしてたってわけか？」

ルシオッラは何かを目まぐるしく考え、悩んでいるみたいだった。それでもやがて決心したように小さく頷《うなず》いた。その表情はすっかり落ち着いている。

「三年前……受けた……足の手術」

観念したように彼女はそう告白した。

「お祖父様《じいさま》がどうしてもと言って……とっても怖かった。けど将来のこと、考えろと言わ

「人魚症候群《シレノメリア》はただ見た目通りに足がくっついてるだけの病じゃない。臓器にも影響が出ているはずで、それ故に手術の成功例も少なく、それ故に患者は短命だと聞くが」

「お医者様からはいつ天国に召されてもおかしくないって……ずっと言われてた」

だからこそエリゼオは孫娘に強く手術を勧めたのか。生きて欲しくて。

「元気そうな今の姿を見るに、幸運にも成功したらしいな」

「シィ」

ルシオッラはおもむろに毛布を剥《は》ぎ取るとベッドから降り、そして、俺達《たち》の目の前で立ち上がって見せた。ウルスナさんが息を呑《の》んだのがわかった。

「でも、結局ルゥの足はどっちもなくなっちゃった。諦めるしかなかった」

そのままルシオッラがスカートをゆっくりとたくし上げる。

「その代わりに、この新しい足をもらった」

間違いなく、そこにあったのは左右の義足。

右足は膝から下に取り付けられた下腿《かたい》義足。左足は太腿《ふともも》から下の大腿《だいたい》義足だ。

黒いローファーを履いているので足先を見ただけじゃ義足だと分からない。けれど膝下から足首にかけては剥《む》き出《だ》しのパーツが晒《さら》されていた。

「お祖父様《じいさま》、自分の命、長くないことを予感していたのかも知れない。だから、一人残していくルゥのこと心配して、一人でも歩けるようにって……それで……ルゥは勇気を出した」

「以前雇っていた給仕は当然手術のことを知っていたんだろうな？」

「知っていた。ベルトウッドさん。長く仕えていてくれた人だった。けど、その人もずいぶん高齢でお祖父様が亡くなるのを待つみたいに、遠くのご実家の方で……」

すでに亡くなっているらしい。そしてその後にやってきたのがウルスナさんだったというわけだ。

「なるほどね。そうしてお嬢様の足のことを知る者はいなくなった、と。だがそれを新任の給仕《メイド》にも秘密にしていたのはどういう理屈だ？」

「ウルスナには感謝、してる。一人ぼっちだったルゥのところに訪ねてきてくれて、ほとんどお金も払えないのに……住み込みでよくしてくれて」

「お嬢様、そうです……なぜ言ってくださらなかったのです？　私は……！」

「だって……ウルスナは会った時からルゥに言ってたじゃない！　もっと島の外へ出た方がいい、学校にも通って友達をたくさん作った方がいいって……」

「……言いました……言いましたが、それはお嬢様があまりにこの島にしがみついて籠っていらっしゃるから……」

「ルゥが本当はもう歩けるって知ったら、今よりも、もっともっと言ってくるでしょ!?　外の世界で生きていきなさいって！　閉じこもっていちゃダメだって！」

「私はお嬢様のためを思っ……」

「でもルゥはここでいい！　ここがいいの！」

その昔、孤島のお嬢様は人魚の足を持って生まれてきた。

やがて彼女は人魚の足を捨て、自由に歩き回れる作り物の足を手に入れた。

けれど彼女にとって島の外の世界は羨望の対象であるとともに、恐怖の対象でもあった――。

「お嬢様……」

「ルゥは……自由が怖かった」

ルシオッラが絞り出すように声を出す。

彼女の手からスカートが離れ、人形劇の幕が降りるみたいにハラリと裾が落ちる。

どこへでも行ける足が、彼女にとって重荷になってしまうなんて皮肉な話だ。

「ちょっと待ってくれ！」

一同が言葉を失う中、様子を窺《うかが》うように手を挙げたのはライルだった。

「その子の事情はわかった！　よくわかった！　セイレーンに襲われたというのが嘘《うそ》だってこともね。だけどみんな思い出してくれ！　まだ肝心なところが手付かずだ！　クリスマスケーキの上の砂糖菓子サンタクロースのように！　つまり結局のところハーピーを殺したのはルシオッラだった、ということでいいのかな？」

そう。その点について俺達《たち》はまだ足を踏み入れていない。

「もしそうなら、その体の傷はハーピーと争った時についたとも考えられる！」

「違う！　あれは事故で……！」

そこでルシオッラが一際強い反応を見せた。

「事故？　やっぱりキミは何があったか知っているんだな！」

「あ……」

ライルに問い詰められて、ルシオッラは押されるように再びベッドに尻餅をついた。

その反応から俺にはピンとくるものがあった。

「……もしかして、ルゥは誰かを庇《かば》っているのか？」

「し、知らない！　ルゥは何も知らない！」

その反応が全てを物語っていた。

幾許《いくばく》かのためらいを覚えつつも、俺はスマホの画面に写真を表示してルシオッラに見せた。

「その相手は……ここに映っているんじゃないのか？」

瞬間、ルシオッラの目が見開かれる。

それはさっき見せた写真とは別のものだ。

ただ、同じ時に同じ場所で連続して撮られたうちの一枚であることは明らかだった。

写真の中でルシオッラは岩場からさらに歩を進め、暗い水の中に足首を浸していた。水の中に向けて優しく両手を伸ばしている。

水面に巨大な何かが映っている。

大きく――怪しく光る――白い尾ビレが。

「ダメ！」

その時、ルシオッラが飛び跳ねるように俺の方へ向かってきた。

「ルゥ！」

彼女は俺の手からスマホを奪い取り、ドアの方へと駆けて行く。幾分フラついてはいたけれど、それは確かな足取りだった。

その行動に呆気《あっけ》に取られたのか、皆の反応も遅れた。

「お、お嬢様！」

ウルスナさんが叫んだ時にはもうルシオッラは部屋を出た後だった。

「追うぞ。はい先生！」

フィドが簡潔に言い、ベルカが即座に答える。

「リリテア！」

「はい」

もちろん俺達《たち》も遅れていない。

後を追って部屋を出ると、廊下の先にルシオッラの姿が見えた。

「ルシオッラ！　どこへ行くつもりだ！」

思わず俺の声にも力が入ってしまう。

「朔也《さくや》様、なんですかその無粋な声の掛け方は。怖いです」

「え？　ダ、ダメかな？」

「ダメ。あんないたいけなルシオッラ様に対してそのような。まるで悪者みたい」

「悪者⁉」

「もっと映画みたいに素敵に言って。リリテアの時みたいに」

「あ、あの時のことはいいだろ！　ルゥには後で謝っとくから！」

俺達はルシオッラを追いかけて玄関ホールまで戻ってくる形になった。玄関の扉は閉まったままだ。彼女は外には出ていない。

そう思った刹那、ガシャンとホールに音が響いた。

それは中央のエレベーターの扉が閉まる音だった。

「お嬢様！」

遅れて追いついてきたウルスナさんがエレベーターの扉を叩《たた》く。

エレベーターは地下へと降りたらしい。

「ウルスナさん、この館には地下があるんですか？」

「ええ……地下に一室だけ。ですがただの倉庫です。保存食や古い農機具があるくらいで……」

「……降りてみましょう」

俺たちはエレベーターが戻るのを待ってすぐにそこへ乗り込んだ。

ただ、イヴァンとカティアは一階に残ると言った。

「私達は待ってるわ。女の子一人を何も全員で追い立てることはないじゃない」

た気がした。

カティアの言い分はもっともで、こう言ってはなんだけど彼女の意外な優しさを垣間見《かいまみ》
でも、言葉とは裏腹にその口調は軽い。ルシオッラに執着していないようにも聞こえる。
遠縁とは言え親戚なのに。

エレベーターはゆっくりと下降し、やがて荒っぽく停止した。
地下室には冷たく湿った空気が漂っていた。明かりは裸電球が二つ、頼りなげに灯《とも》って
いるだけ。

木製の古い棚が壁際に並んでいる。ウルスナさんの言葉通り、食料や農機具を始め、使
われなくなった食器類、掃除道具、ペンキなど様々なものが収められていた。

「リリテア、蜘蛛《くも》の巣に気をつけろ」

「朔也《さくや》様、蜘蛛の巣が頭についていますよ。ワサリと」

その部屋にルシオッラの姿はなかった。

さらに注意深く探すと、部屋の奥の大きなボイラーの裏側に古い棚を見つけた。壁際に
立てられたその棚は、真横にずらされた形跡があった。

手で押してみると、仕掛けによって比較的軽い力でも動かせることがわかった。

動かした棚の裏側を覗《のぞ》き込《こ》む。

そこから新たな階段がさらに下へ向かって続いていた。

「こんなものがあったなんて……」

ウルスナさんが首を振る。

「用途は分からんが、かつての隔離施設時代に作られた秘密の階段……といったところか」

フィドは躊躇《ためら》うことなく階段を降りていく。足元に気をつけながら俺達《たち》も後に続いた。

階段は螺旋状《らせんじょう》になっていて、足元はやけに湿っていた。

十メートル、いや十五メートルは降りたと思う。

ようやく空間が開けた。

辿《たど》り着《つ》いた場所は、自然の地下空洞だった。

「ここ、さっきの写真の場所だ！」

ベルカの声が空洞に木霊する。

剥《む》き出《だ》しの岩の壁に点々と洋燈《ランプ》が灯っていて、それが辺りをぼうっと照らし出していた。手前にゴツゴツとした岩場があって、その向こうには大量の水が溜《た》まっていた。奥までは灯《あか》りが届いておらず、奥行きも深さも計り知ることはできなかった。

「奥へ続いてる。行ってみよう」

所々飛び石のようになっている岩の上を、ジャンプしながら進む。足を滑らせればびしょ濡《ぬ》れだ。

「おっとっと……。ウルスナさん？　どうしたんですか？」

後方の様子を振り返ると、一行の中でウルスナさんだけが岩の手前で立ち止まっていた。

「来ないんですか？」

「いえ、私は……」

彼女は一瞬ひどく躊躇《ためら》う素振りを見せた後、自ら進んで岩場から水の中へ足をつけた。

「ウルスナさん？」

「このスカートではみなさんのように岩場を飛び移るのは難しいので、水の中を歩いて行きます。幸いあまり深くはありませんし」

「いいですけど、寒くないんですか？」

「寒いです。でも滑って転んだりしたらご迷惑をおかけしてしまうの……で！」

そう言った矢先に彼女は水の中で足を滑らせて転んだ。

「面目ないです……」

あ、落ち込んだ。

あまり運動には自信がないらしい。

洋服が水で体に張り付いて、ウルスナさんの驚くべき肉体の凹凸がくっきりと浮かび上がっている。

目のやり場に困るなあ。

けれどおかげで一つ分かった。

目的こそまだ分からないけれど、俺達《たち》がハーピーを探して外へ行っている間ルシオッラはきっとここへ来ていたんだ。

その際、義足のルシオッラもウルスナさんのように岩場の上を避けて水の中を歩き進んだ。

「それでルゥもあんなふうに転んでびしょ濡《ぬ》れになって、怪我《けが》を負ったんだ」

普通に歩いていても今みたいに転んでしまうような足場だ、義足で急ぎ足のルシオッラならなおさら転びやすかっただろう。

ずぶ濡れだったことも説明がつく。

「あの……ジロジロ見られると……その」

ウルスナさんが顔を真っ赤にしている。

しまった。考えに耽《ふけ》りながら凝視してしまっていた。

すぐに何かに気づいたように舌を出した。

「あ……これ、海水ですね。しょっぱいです」

「海水？　そうか、ここは海と繋《つな》がってるのか」

思わず声を上げると、先を進んでいたフィドが「らしいな」と反応した。

「お嬢様だけの秘密の園ってとこか。ずいぶん雰囲気を出すじゃないか」

「朔也《さくや》様」

リリテアが指を差す。

その先に――ルシオッラがいた。

「ルゥ！」

叫ぶも、ルシオッラは振り返らない。水に腰まで浸《つ》かり、奥に向かって必死に何かを叫んでいる。

俺のいる位置から見たそれは、ちょうどハービーが撮ったあの写真と同じ構図だった。

フィドがグッと顔をもたげ、確信を得たように言う。

「どうやら、ハービーはここから彼女を撮ったようだな」

「ルゥがそう簡単に他人を秘密の場所に招き入れるとは思えない。きっとハービーは館を歩き回るうちに偶然この場所を見つけて入り込んだんだ」

「あるいは地下へ降りようとするあの子を見つけて、好奇心から後をつけたか、だな」

さらに近づくと、ルシオッラが叫んでいる言葉がはっきりと聞き取れるようになった。

「……メ！　ダメよ！　行って！　ここから逃げるの！　早く！　言うことを聞いて！」

両手で水面を叩《たた》き、何かを遠ざけようとしている。

姿の見えない何かに向かって訴えかけている。

その時、前触れなく飛沫《しぶき》とともに黒い海面が盛り上がった。

瞬間、そいつがグッと下から顔を出す。

「お願いよ！　グラフィオ！」

水底から姿を表したのはルシオッラの体の優に十倍はありそうな、真っ白な生き物だった。

キュヒイイィ――――……

その生き物は目の前にルシオッラの姿を認めると、甲高い、けれどどこか不安定な声で
――鳴いた。

それはハービーの遺体を見つけたあの時に耳にした、あの歌だった。

四章　世界ってそういうふうにできてるの

〈ルシオッラの日記〉


初めて出会ったのはアクアリオ《水槽》を発見したその日だった。

アクアリオと言ってもそれはこの島のことじゃなくて、館の地下に残っていた天然の地下空洞のこと。

あれは足の手術を終えて間もない十二歳の夏の夜明け前のことだった。

歩く練習をしなさいとお祖父様《じいさま》に言われていたから、ルゥはその日も早起きして館の中を歩き回っていたんだけど、その時偶然見つけたのがこの場所だった。

それ以来ルゥはここをアクアリオって呼んでる。

ドーム状の広い空間に海水が張っていて、そこはまさにルゥにとっての水槽だった。

岩盤の一部に小さな裂け目があって、ルゥはそこから夜明けの陽光が差し込むのを見た。

「素敵な場所！」

リハビリだけじゃ足りなくて、まだ歩くことに慣れていなかったから、水のそばまで歩み寄るのにずいぶん時間がかかった。でも車椅子じゃ来ることができなかった場所だ。

一体この場所ってなんなのかしら？

お祖父様が移り住むよりもうんと昔、病院だった頃の名残？

いつしか誰の記憶からも忘れ去られて放置された場所？

ううん。そんなこと、その時のルゥにはどうだってよかった。

とにかく、すぐにでも水の中を覗《のぞ》いてみたい！

頭の中はもうそればかり。

ルゥは水辺に腰を下ろして深呼吸を何度もして、あらゆる勇気を振り絞った。

だって生まれてから一度も泳いだことのなかったルゥにとって、水に顔をつけるのもそれが初めてだったから。

断っておくけど、ルゥは別に怖がりさんじゃないのよ。夜一人でおトイレに行くのももう平気だし、畑に来る蜂だって追い払ったことがあるんだから。

って誰に言い訳してるんだろ。

ともかくルゥは水の中に顔をつけてみた。

でも水の中は真っ暗で、想像していたような素晴らしい世界は広がってなかった。

残念。だけどこんな暗い場所じゃ仕方がない。

太陽の日差しでも差し込んでくれれば、海底の方までだって綺麗《きれい》に見通せるんだろうけど。

「あ！」

それでも根気強く水の中を見つめ続けていると、時々キラキラと輝くものが目につくようになった。

魚達《たち》の鱗《うろこ》のきらめきだ！

それだけで目の前に広大な海の世界が広がったような気がした。

今のルゥと一緒。足のない魚達が上手に尾ビレを動かして自由に泳ぎ回る世界が。

「ちゃんとお魚さんがいる。ここ、外の海と繋《つな》がっているんだわ！」

歌が聞こえたのはそんな時だった。

か細いけれどルゥの胸を締め付けるような、でも少しだけ濁った声。

ルゥはハッとなって顔を上げて辺りを見回した。

思えばここへ来て以来、目の前に海に夢中でまだ周りをそれほど観察していなかったことを思い出したの。

「誰？」

立ち上がって薄暗がりに目を凝らす。

そうしたら——岩場の陰に何かがいたの。

水面に漂っている。オフィーリアの絵画みたいに体を半分水から出して。

恐る恐る近寄ってみると、それは小山のように大きな体をしていて、そして——そして夏の雲みたいに真っ白だった。

「今の、あなたの声？」

ルゥの声が届いたのかどうかは分からなかったけれど、彼女はキュヒと弱々しく鳴いた。

「あ！　傷だらけじゃない……！　ひどい！」

彼女の体は本当に傷だらけで、周りの水も流れ出した血で赤く濁っていた。

横腹には折れた銛《もり》が突き刺さったままになっている。

どこかで漁師に追い立てられた？

他の生き物とケンカした？

何があったのかは想像するしかない。とにかく彼女は動けないみたいだった。

「待っててね！」

何かできることはないかしらと思って、ルゥは一度階段を登って館のキッチンに忍び込んだ。

そこから冷凍保存された小魚を持ち出して、バケツに入れて地下へ運んだの。

たったそれだけのことだったけれど汗だくになったし、ずいぶん時間もかかっちゃった。

私がもっと上手に歩ければよかったのに。

「ほら。食べて」

そっと口の前に小魚を放る。

でも彼女は一向に食べようとしない。

ルゥが見ているからかな。気持ちはよく分かるわ。ルゥだってお祖父様《じいさま》に食事のマナーをじっと観察されていたらフォークが止まっちゃうもの。

少し考えてルゥは持ってきた魚をバケツごと水に浮かべて一旦その場を立ち去ることに

した。バケツは彼女の口のすぐ近くに浮かべたし、地底湖に波は立たないから流されちゃう心配もないはず。

その日の朝食はそわそわして手がつかなかった。

お祖父様《じいさま》に変に思われるんじゃないか。給仕のベルトウッドさんに叱られるんじゃないかって。

きっとお祖父様はあの地下空洞のことをご存知《ぞんじ》に違いないし、別に隠さなきゃいけない理由はなかったんだけど、その時のルゥはあの子のことは秘密にしておかなきゃって思い込んでいたの。

ルゥだけの秘密にしたいって思ったの。

朝食を無理矢理《むりやり》お腹《なか》に詰め込んで午前中のお勉強を終えた後、ルゥはベルトウッドさんの目を盗んでもう一度地下へ降りてみた。

ドキドキしながら岩場の向こうを覗《のぞ》き込《こ》んだわ。

それで、ルゥは思わず笑顔になるのを止められなかった。

キユヒ

バケツがひっくり返されていて、魚が綺麗《きれい》になくなっていた。

それから彼女に食べ物をあげることがルゥの秘密の日課になった。

ベルトウッドさんは食料の備蓄が減っていることにあまり気づいていないみたいだった。

最近すっかり歳《とし》で物覚えが悪くなったとよく言っていたから、そのせいかもしれない。

でも、相変わらずとっても厳しい人で今でもちょっと苦手。

それはさておき、真っ白で大きな彼女はなかなかルゥに気を許してくれなかった。

きっと色んな場所で人間に追い立てられてここへ辿《たど》り着《つ》いたんだと思う。

それでも日を重ねるうちに二人の物理的な距離は少しずつ縮まっていったし、彼女も日に日に元気を取り戻していった。


二十日目には地底湖の中をゆっくり泳ぎ回るくらいまで回復していた。

傷もずいぶん塞がってきた。

けれど、表面についた傷痕は消えることはなかった。ずいぶん古いものも新しいものも。

「あなたの名前を決めたわ。いい？　あなたは今日からグラフィオ《傷》！」


夏が終わる頃にはグラフィオもすっかり元気になっていた。

ルゥは毎日お勉強にピアノのお稽古やお勉強、歩く練習に庭や屋上のお花の世話にと色々やらなきゃいけないことがあって、決まった時間にしか会いにいけなかった。

それでもある日様子を見に行ってみたら、グラフィオが岩場に半分体を乗り出してルゥのことを出迎えてくれたの。

その上！　彼女は口に綺麗な珊瑚《さんご》を咥《くわ》えていたのよ。

もしかしてプレゼント？

たくさんの食べ物をありがとうって言いたかったのかしら。

「ありがとう！」

ちょっと大胆かもと思ったけど、その時ルゥはグラフィオの大きな顔に抱きつかずにはいられなかった。

それから彼女はずっとアクアリオにいる。ルゥのそばに。

それが、ルゥの初めての友達――グラフィオとの出会いのお話。

グラフィオと知り合ってからは、もっと早く、もっと機敏に動けるようになりたいって思うようにもなった。

島の動物を追いかけて歩いたり走ったり、時には飛び跳ねたりできるようになりたい。

そして叶《かな》うならグラフィオと広い海を一緒に泳いでみたい。

儚《はかな》い夢かもしれないけどそのためには今よりたくさん食べて、体を鍛えて、もっともっと丈夫にならなきゃ。

□

「あれ……シャチだ！　シャチだよ！」

その姿を認めた瞬間、ベルカが叫んだ。

「デカイな。十メートル近くあるぞ。それにあの真っ白な体……白化個体《アルビノ》だ」

ずいぶん珍しいのが隠れていたもんだ――とフィドが言う。

真っ白なシャチ。二枚目に見せた写真に写っていた巨大な生き物の正体に違いなかった。

「ルゥちゃん！　危険だよ！　シャチって確かとっても獰猛《どうもう》で……海のヤンキーとかなんとか！」

ゆりうが心配そうに声を掛ける。海のギャングなら聞いたことがあるけれど、ヤンキーは初耳だ。

でも――。

「その心配はなさそうだよ、ゆりうちゃん」

シャチがルシオッラに襲いかかるような様子は少しも見受けられない。

「グラフィオ！　ダメだったら！」

それどころか、遠ざけようとするルシオッラに寄り添おうとしているように見える。

グラフィオ。それがあのシャチの名前なのだろう。

「……リリテア、どう思う？」

「ルシオッラ様とグラフィオ。二人はずいぶん心を通わせているように見受けられます」

「やっぱりそう見えるよな」

「ハービー氏はあのシャチを狙ってこの島へやってきたのかもしれません。世界的にも珍しいアルビノで、しかもあの驚異的なサイズです」

「……写真に収めて売るとこへ売れば、かなりの稼ぎになる……とか？」

「あるいは写真家としての純粋な好奇心か。ともかく、死人に口なしでございます。朔也《さくや》様以外は」

リリテアの言う通りだ。

「グラフィオ……バカ……」

やがてルシオッラは諦めたようにグラフィオの体に抱きつき、頬《ほお》を寄せた。

「ルゥ……」

俺は一同を代表するような形でルシオッラのもとへ歩み寄った。

「友達、俺にも紹介してくれる？」

声を掛けるとルゥの肩が小さく震えたのが分かった。

「もしかして……その子を庇《かば》おうとしていたのか？」

言葉こそ発しなかったけれど、彼女は小さく頷《うなず》いた。

「師匠……ハービーさんを殺したのは……そのシャチさん……ってことですか？　でも、どうやって？」

ゆりうの疑問はもっともだった。

「ハービーさんは館の壁に引っ掛かっていたんですよ？　シャチさんがテクテクと丘に上がってきて、ハービーさんをあんな高い場所に引っ掛けたっていうんですか？」

「文字通り、引っ掛けたのだと思います」

疑問に答えたのはリリテアだった。

「え？　本当に？　歩いて？」

「ゆりう様、シャチは歩いたりはしません。そうではなく、ハービー氏の体を撥《は》ね飛ばしたのだと思われます。あの大きな尾ビレを使って」

「……尾ビレで？　ポーンって？　シャチってそんな器用なことするの？」

「します。私も映像でしか見たことはございませんが、野生のシャチは体重三十キロ弱のアシカを、優に十数メートル撥ね飛ばすと言われております。狩の一環なのか戯《じゃ》れているだけなのか、その目的はよく分かっていないそうですが」

「あひゃー……そんな力で撥ね飛ばされたらひとたまりもないですね」

「これは、この一件にシャチが関わっていたとわかった今だからこそ出てきた発想ですが、ハービー氏があのような状態になり得る唯一の方法ではないかと思います」

そう言ってリリテアはどこか労《いたわ》るような眼差《まなざ》しでグラフィオと、彼に寄り添うルシオッラのことを見た。

その場の誰もが黙り込み、ルシオッラの言葉を待った。

それがわかったのか、ルシオッラはそっとグラフィオから離れると唇を噛《か》み、それから口を開いた。

「……リリテアさんの言う通り」

その顔には諦めの表情が張り付いていた。彼女は自分とグラフィオが本当の意味で水際に追い詰められてしまったことを悟ったんだ。

「グラフィオが……カメラマンさんのことを………」

その先を言葉にすることをためらい、ルシオッラは一度大きく息を吐いてからまた話し始めた。

「あの時、グラフィオの姿とルゥの義足を写真に撮られたと知って……ルゥはその場で写真を消すようにお願いした……。でも聞き入れてもらえなかった。ずっと探し回ってきてやっと見つけたんだ。絶対に消さないって。有名な雑誌に掲載してもらうんだって、はしゃいでた……」

「ずっと探し回って？　やっぱりハービーさんは最初からグラフィオを追ってこの島に来たのか」

「グラフィオのこと、世界中の海で船を襲い回っていた白い悪魔だって言ってた。この数年は姿が見えなくて、それでも些細《ささい》な情報を頼りにここまで来たって」

それを聞いてライルが指を鳴らす。

「白い悪魔！　ボクも耳にしたことがあるぞ！　なるほど、伝説の人食いシャチの住処《すみか》を探し当てたとなればハービーは一躍英雄だ！　どんなに頼んだってデータを消しちゃくれないだろうね！」

「それで写真のことで押し問答をするうちに、取っ組み合いのような形になった？」

問いかけるとルシオッラは肯定の代わりに水の底を指さした。

「突き飛ばされたルゥを見て、グラフィオが突然水の中から顔を出した。カメラマンさんの足に噛《か》み付《つ》いて……ここから海の中に……引《ひ》き摺《ず》り込《こ》んだの」

ルシオッラのことを助けようと――したのか。

それは文字通り一瞬のことだっただろう。ハービーには争う術《すべ》もなかっただろうし、ルシオッラにも止めようがなかったに違いない。

「グラフィオはそれきり姿を現さなかった。水の中から」

「それからルゥは……どうしたんだ？」

「カメラマンさんの忘れ物。落としたカメラ、持ってすぐに館の外に出た。もしかしたらグラフィオはカメラマンさんのことを追い出そうと、島の外へ連れて行ったんじゃないかと思って。この場所は館の裏の海と繋《つな》がっているから……」

「そこで……キミは何を見た？」

「見た。グラフィオがカメラマンさんの体を高く高く飛ばすのを」

人の体を十数メートルも、おもちゃのように撥《は》ね飛ばす。そんなことが可能な生き物は陸上にはいない。

「飛ばされたカメラマンさんはそのまま館の銛《もり》に突き刺さって……動かなくなっちゃった」

ハービーさんは男性としては小柄な体格だった。その上グラフィオに噛みつかれた時に両脚を失っていたとなれば、体重はかなり軽かったはずだ。

こんな言い方はどうかとは思うけれど、さぞ高く飛んだことだろう。

「それを見てルゥはどうしていいか分からなくなった……。グラフィオがルゥのために人を殺しちゃったなんて……そんなこと」

ルシオッラは自らの小さな肩をかき抱く。その体は小刻みに震えていた。

「でも、すぐに決心した。ルゥがグラフィオを守ってあげなくちゃ。グラフィオが人を殺してしまったことも、ここにいることも隠さなきゃ……って」

「それで咄嗟《とっさ》にその場からカメラを海へ投げ捨てた？」

「シイ。フィド先生の言う通り。でも、ルゥの力が足りなくて途中の岩に引っかかっていたのね……。捨てる場所をもっとよく考えておけばよかった……」

全ては突然の出来事。心構えも準備もなかっただろう。

そんな状況下で、十五歳の少女に一切の抜かりない行動を取れという方が無理というものだ。

「それからカメラマンさんが島から逃げ出したように見せたくて、船着場に行って船を海へ解放した。カメラマンさんの荷物を船に積んで……。そこで雨が降り出したから急いで館に戻って、カメラマンさんの部屋に行って……書き置き、残した」

この辺りで怖がられているセイレーンを見たということにすれば、ハービーが急いで島を逃げ出した理由になると考えたんだろう。

「カメラマンさんの体は……あとでなんとかしてこっそり隠すつもりだったけど……ルゥ

一人じゃとてもあんな高い場所から下ろしてあげられなかった。それに、その後すぐ嵐が来て、もうどうしようもできなかった……。ごめん……なさい」

「全部キミが偽装したことだったのか。俺達《たち》がゲストルームに案内されたり、食事の席で挨拶をしていたりしたその裏で――」

「お昼の時間はあらかじめウルスナに聞いてた、ので、大急ぎで身支度を整えて車椅子でみんなのところへ行った。ルゥの息が切れてることを変に思われないかずっとドキドキしてた」

「そうか。あの時、ルゥの顔が赤くなっていたのは緊張のせいじゃなく、必死で動き回った後だったからなのか」

「怖かった。怖くて、不安で、たまらない気持ちだった。それでもルゥは……友達を守りたかった」

たった一人の、初めての友達を。

「お嬢様……」

「ごめんねウルスナ」

「謝らないでください！」

それまで俺達の後方でじっと感情を堪《こら》えていたウルスナだったが、主人からの言葉にとうとう声を上げた。

「私はいつでもお嬢様の味方ですから！」

「……グラツィエ《ありがとう》」

そんな二人を見届けてから、ライルが事の経緯を整理するみたいに言った。

「その、つまり結局ハーピーを殺したのは館の誰でもなく、そのシャチの仕業で、ルシオッラは友達を庇《かば》おうとしただけ——ということになるわけか！」

要約するとそういうことだ。

「これがどういう罪に問われるのか！　ボクにはちょっと判断がつきかねるな！　ボクは宝石のこと以外はからっきしなのでね！」

「少なくとも、俺はルゥの罪をどうこう言うつもりはないですよ」

「それじゃこれで……事件は解決……ですか？　ですよね？」

それを聞いてゆりうもキョロキョロしながら皆に同意を求める。

「ほらルゥ。上がってこいよ」

俺はグラフィオを刺激しないようにそっとルシオッラに歩み寄った。

「いつまでも水に浸《つ》かったままじゃ、冷えるだろ」

手を差し伸べる。

するとルシオッラは泣き出しそうな笑顔で言った。

「ルゥの足は冷たさなんて感じない。知ってるでしょ？」

「体だけのことを言ってるんじゃないんだよ」

「……サクゥ……」

一瞬だけルシオッラは泣きそうな顔をした。それを堪《こら》え、やがて彼女は深く目を閉じ、一つ深く頷《うなず》いてこちらの手を取ろうとした――。
その時だった。
突然グラフィオが何かに警戒するように巨体をうねらせ、水飛沫《みずしぶき》を上げた。
「な、なんだ⁉」
咄嗟《とっさ》に姿勢を低くして様子を窺《うかが》う。
「せ、先生！　みんな！　下！　水の下から何か来るよ！」
ベルカが地底湖の中央を指差して叫ぶ。
同時に地響きとも耳鳴りとも区別のつかない振動が空洞内を満たした。
水面が大きく膨らむ。
何か黒々としたものが水中から迫《せ》り上《あ》がってくる。
グラフィオよりももっと、もっともっと大きい。
それはほぼ九十度の角度で顔を出し、ゆっくりと水面に倒れ込んだ。
飛び散る大量の飛沫が俺達《たち》の全身をくまなく濡《ぬ》らす。
現れたのは鋼の流線形の物体――。
それは――巨大な潜水艦だった。
その姿に驚き、グラフィオは入れ替わるように海中深くに姿を消してしまった。
「な、なんですか……これは⁉」
ウルスナさんは声を震わせながら、突如現れた潜水艦を見上げる。

船体上部の丸いハッチがゆっくりと開く。

中から現れたのは——いや、ただ現れただけじゃなく、豪華絢爛に現れたのは——。

「ごきげんよう、朔也《さくや》」

シャルディナ・インフェリシャスだった。

彼女の両脇には二人の女が控えている。クリムゾン・シアターでも見た彼女の部下だ。

「あんまり来るのが遅いから、こっちから遊びに来てあげたわよ」

「え⁉　それじゃあの子が大富豪怪盗《セレブリティ》⁉　せ、先生！　落ち着けベルカ。泣き喚《なわめ》いたところで慰めてくれるような相手じゃないぞ」

「あら、そこの犬、見覚えあると思ったらフィドじゃない。まだ生きていたのね」

「そういうお前はちっとも成長してないな。あちこち、色々と」

「うるさいバーカ。犬」

フィドのカウンターにシャルディナがどんな上等な反撃を繰り出すのかと思ったら、意外と普通の悪口が飛び出した。

「失礼なこと言うと札束の海に沈めるわよ」

「い、今……大富豪怪盗《セレブリティ》と言ったのか⁉　その少女が……世間で報じられていたあの脱獄犯だと言うのか⁉」

ライルはとても信じられないというように目を擦《こす》っている。

「シャル……どうして俺達《たち》がこの島にいると……」

その疑問を口にし終わらないうちに、俺は自ら答えに気づいた。

「そうか……これか」

ポケットから取り出したのは、シャルディナから渡されたスマホだ。

「うん。それ。レギンスレイヴの場所が示されているでしょう？　それなら反対にシャルがあなたの位置を把握できるのも当然よね？」

「それでわざわざこの嵐の中、そんな潜水艦《モノ》に乗って迎えに来てくれたのか」

「知らないの？　海の底には嵐なんてないのよ。ところで朔也、もしかしてこの嵐で孤島に閉じ込められでもしていたの？　嵐が過ぎるまでは誰も出ていかず、誰も出ていけない？　あは」

シャルディナは俺達一人一人に視線を投げつけ、この場を、この状況の全てをおちょくるように、台無しにするように、可愛らしく笑った。

「だったらこの通りよ。クローズド・サークル？　そんなものはシャルが一つ呼吸する間にぶち破ってあげたわ」

これだ。この逸脱した感じ。逸した雰囲気。

これが最初の七人《セブン・オールドメン》。

堅牢《けんろう》に構築され、そして解き明かされかけていたミステリを崩壊させる。

「朔也君、彼女はキミの……な、何なんだ？　知り合いなのか？」

「ライルさん、すみませんが説明は後です。俺にとってもちょっと、かなり、すごく想定外の展開なので」

正直、説明している余裕はない。

「朔也様《さくや》」

「わかってる。今選択肢を誤ればとびきり厄介なことになる。リリテアはみんなを守る準備を」

「かしこまりました」

取るべき行動を決定して腹を括《くく》ると頭も冷静になってきた。

「サク……」

「大丈夫だよ」

俺はルシオッラを水から引き上げると、シャルディナの眼前に立った。

「それで、シャルは俺達《たち》を直々にレギンレイヴへ連れて行ってくれるのか？　その自家用の潜水艦で？」

「そのつもり……だったんだけど」

潜水艦と岩場を繋《つな》ぐ橋が架けられ、そこをシャルディナが渡ってくる。

「気が変わったわ。ここ、佇む者達《デモニアカヴィラ》の館よね？　あの画家エリゼオ・デ・シーカの秘密の隠れ家なんでしょう？」

それくらいのことは知っていて当然という顔だ。

「本人は？　上にいるのかしら？　ご挨拶しておきたいのだけど」

「エリゼオ様は……すでに亡くなっておいでです」

シャルディナの申し出に対してウルスナさんがそう告げると、シャルディナは「あら」と可愛《かわい》らしく手を口元に当てた。

「お亡くなりになったの？　上は上でも天国？　それは残念。でもやっぱりそうだったのね。ここ何年か界隈《かいわい》で死亡説が囁《ささや》かれていたから、もしかしてとは思っていたんだけど。でも、それならそれでいいわ。シャルが興味あるのは作品の方だから」

シャルディナは二人の危険な部下を引き連れ、俺の目の前に立つ。

「噂《うわさ》に聞いたことがあるのよね。エリゼオの残した幻の処女作がここにあるって」

「処女作？」

遺作の間違いじゃないのか？

俺はそっとルシオッラの方を窺《うかが》った。彼女は分からないというように首を振る。

「いつか機会があったらそれを買い取りに来ようと思っていたんだけど、ちょうどよかったわ。この機会に見せていただこうかしら」

「そ、そんなものがあるはずないだろう！」

叫んだのはライルだった。

「エリゼオの処女作と言えば『女と夜』のことだ！　今はカタールの資産家が所有している！」

「それは表向きの話でしょう。シャルが言っているのは本当の処女作のことよ」

「み、未発見の作品があるというのか？　も、そんなものがもしあったとしても、それを買い取るだと？　ふざけている！　芸術的価値を考えれば金で買えるようなものじゃない！　帰れ！　その大層な潜水艦で帰ってくれ！　お気をつけて！」

「うるさい男ね。いつどうやってここを出ていくかはシャルが決めるの。知ってた？　世界ってそういうふうにできてるのよ。ね？」

「そんな無茶苦茶《むちゃくちゃ》なルールは通りません！」

めちゃくちゃな理論を振りかざすシャルディナに、ゆりうが果敢に食ってかかる。

突然自分に反論してきた少女に目を留めると、シャルディナは一瞬ポカンとした表情を浮かべた。

けれど——すぐに嬉《うれ》しそうに微笑《ほほえ》み、手を叩《たた》いた。

「あら。あらあら！　誰かと思えば有名人がいるじゃない！」

「ゆりうちゃんのことを知ってるのか？」

「もちろんよ。シャル、その子の演技のファンなのよ。名女優よね」

「あたしは別に有名人なんかじゃないです！　その言葉、そっくりそのまま蝶々《ちょうちょう》結びでお返しします！」

上手《うま》い返しだ。確かに最初の七人《セブン・オールドメン》という肩書きの方が世界的にも悪名高い。

「お嬢、あいつ腹立つ。Kill《キ》る？　ブッKill《キ》っとく？」

「ダーメ。アルトラ、静かにしてなさい。しー」

　そう言って異様に血の気の多い部下を嗜《たしな》めると、シャルディナは軽く片手を上げた。

　それを合図に停泊していた潜水艦が動き出し、みるみるうちに海底へと沈降し、あっという間に姿を消した。

「……何のつもりだ？」

「もう必要ないからおもちゃを片付けただけよ。今夜はここに宿泊することにしたの」

　宿泊？

「大罪人が滞在人になってあげるって言ってるの」

　何を言っているんだ？

「ここからはシャルも遊びに交ぜてもらうわ」

「遊び？　そんなふざけたこと……」

　その時、突然空洞内に悲鳴にも近い叫び声が響いた。

「た、大変よぉ！　ねえ！」

　振り返ると、カティアが転がるように階段を駆け降りてきた。

「なんだ!?　大変なのはこっちだ！」

　ライルが苛立《いらだ》ちを見せる。

「今地球上にここより大変なところなんて……！」

　カティアはこの場の異様な状況に気づく余裕もないらしく、血の気の引いた顔でこう訴えた。

「ドミトリが……ドミトリが……！」

「ドミトリがどうしたと言うんだ⁉」

「セイレーンに殺されたのよっ！」

その象徴的な一言が周囲に幾重にも響き渡った。

その後に残されたのは居心地の悪い、捉え所のない沈黙だけ。

セイレーンに殺された……？

事件は解決されたはずだ――。

ハービーを殺したのはグラフィオで、全ての偽装はルシオッラが――。

それなのに、また被害者？

なんなんだ。

どうなっているんだこの島は。

この夜は――。

「あら、まだパーティーには続きがあるみたいね」

まだ続くのか。

「結構なことだわ」

絶句する俺達《たち》の中で、シャルディナだけが嬉《うれ》しそうに笑った。そんな不謹慎の極致のような彼女の態度をベルカが非難する。

「ちっとも結構じゃない！　今の話が本当なら、もうこの島で二人も人が殺されちゃったんだぞ！」

「孤島での殺人事件ね？　最高《マーベラス》な時に来たわね！」

「何がマーベラスなもんか！　殺人事件なんだぞ！　幻の作品だかなんだか知らないけど、そんなの探してる余裕ないんだからな！」

「そうなの？」

「そうだよ！　この名探偵フィドの助手の目の黒いうちは……」

「それなら早いところ探偵さんに事件を解決してもらわなくちゃね？」

そう言ってシャルディナは俺に目配せしてくる。

「んー……でもシャル、明日はドバイで外せない用事があるのよね。朔也《さくや》、急ぎで解決できる？」

「探偵をなんだと思ってるんだ。デリバリーのピザじゃないんだぞ」

「何よ。やる気出しなさい」

なんという唯我独尊だ。

呆《あき》れていると、シャルディナは何かとても楽しい催しを思いついたと言うように手を叩《たた》く。

「そうだわ！　それならシャルがやる気を起こさせてあげる」

「残念だけど金じゃ釣られないぞ。自慢じゃないが俺には金を使う才能がない」

「あなた、それ言ってて悲しくならない。でも違うわ。全然違う」

「なら一体何を……」

シャルディナはそばにいたカルミナに何かを囁《ささや》きかけた。それを受けてカルミナが小型の通信装置を取り出して何らかの信号を送る。

「おい貴様、今何をしやがった？　相手はさっきの潜水艦か？」

「正解よフィド。後でホネをあげるわね」

その真っ赤なドレスの怪盗はどこまでもこちらを挑発する。

それからシャルディナはあえて声を潜めて、俺とリリテア、そしてフィドとベルカにだけ聞こえるようにこう言った。

「沖で待機させている艦にこう指示を出したわ。明朝六時、この島へ向けてトマホークミサイルを発射せよ」

「なんだと⁉」

「言っておくけれど、一度下した指示は覆らないわ。シャルの言葉以外では絶対にね」

「シャル……！」

「制限時間《タイムリミット》を設けてあげたわ。さ、これで急ぐ理由ができたわね？」

推理を急がせるためにミサイルを――？

とても正気とは思えない発想だ。

「それに、いい具合に謎解きがスリリングになったでしょ？」

「たった今自分もこの館に留《とど》まるって言ったばかりだろう。自分や部下まで危険に晒《さら》されるぞ」

「そうよ」

当然のように肯定する。

「……それにこの館にはキミの欲しがっているエリゼオの処女作があるかも知れないんだろう？　爆撃なんてしたらそれも一緒に吹き飛ぶぞ」

「だから、朔也《さくや》」

詰め寄る俺の耳を逆に引っ張り寄せ、シャルディナが囁きかけてくる。ほとんど俺の耳たぶに噛《か》み付《つ》いてくるような距離で。

「あなたが頑張って明日の朝までに事件を解決してくれるんでしょう？　謎を、解いて収めて落着させて、皆を救ってくれるんでしょう？　ね？」

そうすれば館も作品も無事よ――とシャルディナは言う。

本気だ。

彼女の声にブラフやハッタリはない。

大富豪怪盗《セレブリティ》は自らの命もベットして遊びのような、殺し合いの勝負を仕掛けてきている。

時刻は現在午後八時。

制限時間《タイムリミット》はあと十時間だ。

新たに起きた殺人。
まだ事件は
終わっていなかったのか？
衝撃が館の人々を襲う中、
さらに殺人は続き――
姿の見えない怪物「セイレーン」の正体は？
果たして朔也は、シャルディナの定めたタイムリミットまでに
事件を解決できるのか？

キーワードは、シーアレイツ。
そして不死。
KILLED AGAIN, MR. DETECTIVE
また殺されてしまったのですね、探偵様
3
2022年5月発売予定

あとがき

貴方《あなた》にとってミステリ小説は？

いつかそう尋ねられた時のために上手な返答を用意しておこうと考えた結果「ミステリ小説とは自分しかいない遊園地なのです」という文句を思いつきました。

尋ねられる予定なんて一切ないのに、ですよ。

見上げた根性ですよね。


遊園地というものは日常から隔絶された場所です。

そんな場所に一人きりというのはどんな気持ちでしょうか。

楽しい！　と同時にどこか少し物寂しく、不安ではありませんか？

その絶妙なワクワクと孤独感のブレンドが僕には心地いいんです。

ひと時の間現実を忘れて一人謎解きに没頭できる、雰囲気満点の遊び場。

「僕にとってそれがミステリなんです」

そう言って彼は執筆のためにまた街の雑踏の中へと消えて行った——。

真夜中、そんなナレーションを脳内で流していました。

楽しかったです。

さて、二巻です。

こういう作品がシリーズ化するかどうかは時の運みたいなところもありはするものの、こうして続刊が出たということは多少なりとも一巻が好評だったということだろうと思うので、素直に喜んでいます。

好評の理由として、言うまでもなくりぃちゅ先生の素晴らしいイラストがあります。朔也《さくや》のあの愛すべき表情の数々。リリテアの柔らかさ清廉さ。どれも宝物です。

本当にありがとうございます。

（そうそう、なんとコミカライズもスタートするそうです。続報を待ちましょう）

二巻も好きなことを書かせてもらっています。

早い話、自分が読みたいミステリ小説を自分で書いているようなものです。

今回も心地良い謎めきをお届けできるものと思っていますが、加えて皆さんには心地のいい孤独も堪能していただきたいと思っています。

孤独――遊園地の件《くだり》でも出ましたね。

カッコつけて孤独孤独言いたい季節なんですね。冬ですのでね。

あ、待ってください。呆《あき》れないでください。

諦めないで。

もう少しお付き合いください。

なぜ孤独かって、読書というものは本来的に孤独な行為であり、個人的な体験だから――ということももちろんなんですが、何よりミステリは他どのジャンルよりもネタバレが禁忌ご法度とされているジャンルだからです。

つまり読み終えても人に共有しづらい。

だから読者は読み終えて日常に戻った後も事件の真相を胸にしまい、誰にもトリックのネタバレをせず、共有もせず、いつも静かに笑っている。そういう者にならざるを得ないわけです。

それはある種のもどかしさ、むず痒《がゆ》さ、苦しさを伴うものです。でも実はそういうのが心地よかったりもするんですよね。

それが心地よい孤独というヤツです。

分かってもらえるでしょうか？

すみません。ちょっと変態的思考だったかもしれません。

このようにネタバレはミステリ界隈《かいわい》長年の問題ですが、ただ本作に限っては一点だけネタバレフリーなポイントがあります。

それは『探偵が殺されてしまう』という点です。

お得ですね。

どんな話かともし友達に尋ねられたら、そうネタバレしてあげてください。

ファンレター、作品のご感想をお待ちしています

あて先

〒102-0071　東京都千代田区富士見2-13-12
株式会社KADOKAWA　MF文庫J編集部気付
「てにをは先生」係　「りいちゅ先生」係

MF文庫J

また殺されてしまったのですね、探偵様2

2022年 2月25日　初版発行

著者　てにをは
発行者　青柳昌行
発行　株式会社 KADOKAWA
〒102-8177 東京都千代田区富士見2-13-3
0570-002-301（ナビダイヤル）

印刷　株式会社広済堂ネクスト
製本　株式会社広済堂ネクスト

Printed in Japan　ISBN 978-4-04-681183-7 C0193

◇◇◇

INFORMATION

探偵はもう、死んでいる。

好評発売中

著者：二語十　イラスト：うみぼうず

第15回MF文庫Jライトノベル新人賞
《最優秀賞》受賞作

INFORMATION

Re：ゼロから始める異世界生活

好評発売中

著者：長月達平　イラスト：大塚真一郎

幾多の絶望を越え、
死の運命から少女を救え！